Éditions Druide
1435, rue Saint-Alexandre, bureau 1040
Montréal (Québec) H3A 2G4

www.editionsdruide.com

RELIEFS

Collection dirigée par
Anne-Marie Villeneuve

RECOMMENCEMENTS

Catalogage avant publication de Bibliothèque et Archives nationales du Québec et Bibliothèque et Archives Canada

Dorion, Hélène, 1958-

Recommencements : récit
(Reliefs)
ISBN 978-2-89711-123-6
I. Titre. II. Collection : Reliefs.

PS8557.O748R42 2014 C848'.54 C2014-940403-4
PS9557.O748R42 2014

Direction littéraire : Anne-Marie Villeneuve
Édition : Luc Roberge et Anne-Marie Villeneuve
Révision linguistique : Diane Martin et Lyne Roy
Assistance à la révision linguistique : Antidote 8
Maquette intérieure : Anne Tremblay
Mise en pages et versions numériques : Studio C1C4
Conception graphique de la couverture : Gianni Caccia
Œuvre en couverture : Qin Tianzhu, Wan Fung Art Gallery
Photographies de l'auteure : Maxyme G. Delisle
Diffusion : Druide informatique

Les Éditions Druide remercient le Conseil des arts du Canada et la SODEC de leur soutien.

Gouvernement du Québec – Programme de crédit d'impôt pour l'édition de livres – Gestion SODEC.

Ce projet a été rendu possible en partie grâce au gouvernement du Canada.
This project has been made possible in part by the Government of Canada.

Canada

ISBN PAPIER : 978-2-89711-123-6
ISBN EPUB : 978-2-89711-124-3
ISBN PDF : 978-2-89711-125-0

Éditions Druide inc.
1435, rue Saint-Alexandre, bureau 1040
Montréal (Québec) H3A 2G4
Téléphone : 514-484-4998

Dépôt légal : 1er trimestre 2014
Bibliothèque et Archives nationales du Québec
Bibliothèque et Archives Canada
R41908

www.éditionsdruide.com

Imprimé au Canada

Hélène Dorion

RECOMMENCEMENTS

Récit

Druide

Le dénuement

Étendue sur le lit, ma mère avance vers le bout de sa route. Depuis des heures déjà, son corps est immobile, ses mains sont grandes ouvertes, paumes tournées vers le haut, les traits de son visage témoignent de son abandon, de cette sérénité qui l'habite tandis qu'elle s'éloigne à chaque seconde un peu plus de ce monde, un peu plus de chacune des quatre-vingts années de sa vie. Je pose légèrement une main sur sa tête, je caresse ses cheveux, j'approche la bouche de son oreille et je commence à lui parler doucement. Je regarde la route qui reste et la lui décris à mesure que nous avançons.

Je repense à cette scène, et elle me paraît à la fois étrange et familière. La veille, alors que ma sœur et moi lui lavions les pieds, sans savoir que c'était la dernière soirée que nous passions avec elle, ma mère m'a demandé *comment meurt-on ?* Je lui ai répondu qu'elle allait choisir l'heure, choisir les personnes qui seraient près d'elle à ce moment-là, et qu'elle n'aurait qu'à s'abandonner, à se laisser porter, quelque chose viendrait la guider et il s'agirait de suivre sans résister.

Nous ne savons de la mort que le vide qu'elle a laissé en nous par la perte de qui nous était cher. Ou encore, nous imaginons la falaise de laquelle nous plongerons, ce jour-là. Nous refermerons la boucle de nos pas, en un éclair reviendront vers nous les visages de ceux qui nous ont donné la vie, de ceux à qui nous l'avons donnée; le regard rempli d'aubes et de crépuscules, nous étreindrons ceux qui nous ont tout appris de l'amour, nous demanderons pardon, une dernière fois, nous pardonnerons.

Puis nous plongeons: le regard devient net et nous voyons chaque histoire de notre vie tenir sur un fil que le vent fait danser devant nous. Notre vue se brouille, tour à tour chaque organe cesse de fonctionner, le souffle s'amenuise, puis le cœur arrête de battre. Soudain nos yeux se rouvrent, mais nous ne voyons rien, aveuglés par la lumière ou par l'obscurité, c'est pareil, aucune peur ne nous étreint. Derrière nous, c'est le vide. Et devant, un ciel, immensément bleu. Nous le savons, voilà la route; nous allons jeter notre corps du haut de cette falaise en espérant un autre ciel, plus haut encore, une autre mer, un lieu si vaste, pressenti toute notre vie, et qui est là, maintenant, juste là.

La main sur la tête de ma mère, mes lèvres effleurent son oreille. Je continue de lui décrire ce que je vois. À un certain moment, je lui dis ne pouvoir aller plus loin avec elle; le reste du chemin, elle doit le faire seule. Le plus beau est devant, le plus lumineux l'attend. Quelques heures plus tard, le dernier des souffles s'éteint comme un lumignon et le cœur cesse de battre. La vie a traversé d'un sillon à un autre.

L'un des liens les plus mystérieux de l'existence vient de basculer. Le seul corps dans lequel j'aurai été totalement fondue et dont j'ai été coupée à ma naissance s'est dissout dans la mort. Celle qui m'a frayé un chemin jusqu'à la vie, celle qui a accueilli mon saut initial dans le vide et qui a été mon commencement vient de refermer la boucle de ses pas, à petit feu s'est éteinte, déposant entre mes mains une liberté que je n'avais jusque-là jamais ressentie. Et ce lien fondateur, fusionnel et tissé de dépendances, m'invite désormais par son absence à nommer ce que je suis pour moi-même, à devenir ce que l'enfant ne peut réaliser qu'au-delà de cette rupture définitive qu'accomplit la mort de sa mère.

Durant cet après-midi de profonde intimité où je suis allée conduire ma mère vers sa mort, j'ai touché au plus grand dénuement, à ce *très peu* auquel nous tenons véritablement, lorsqu'un fil casse. Dans cette chambre blanche où une fenêtre donnait sur les montagnes, je ne pouvais rien retenir : ni son souffle qui s'épuisait, ni les gestes ni les paroles que nous avions partagés ; un fleuve emportait à mesure ce qui appartenait au temps.

Il ne restait que l'amour. Que cet ineffable mystère qu'on appelle Amour – avec un grand A pour dire combien il nous dépasse – et qui ne se trouve nulle part ailleurs qu'en soi. Lorsque tout s'en va, il reste cet Amour. Ce tronc ne casse pas sous les vents, n'est pas emporté par le temps, plutôt, il reconstitue inlassablement ses branches.

Ainsi ma mère m'invitait-elle, par sa mort, à remonter vers ma propre source, au-delà même de notre lien physique qui se rompait – jamais plus son visage au creux de ma main, jamais plus son visage. Elle ouvrait la fenêtre de l'automne qui allait souffler sur le passé, égoutter une à une les feuilles jaunies pour que l'hiver, et pour que le printemps adviennent.

Cette voix qui dit *je*

D'aussi loin que je me souvienne, j'ai toujours été hantée par le sens de la vie. À l'âge de quatre ans, je posais à mon père ma première question : *Pourquoi ?* Invariablement, sa réponse, quelle qu'elle fût, était aussitôt suivie d'un autre *pourquoi ?*

Plus que tout, j'ai voulu que ces choses que l'on dit banales, ces gestes invisibles à l'échelle de l'univers, ces moments maigres et fragiles qui sont le pollen de nos vies aient du sens, que la plus infime des sensations ne se perde pas dans le néant mais trouve au contraire une direction qui lui donne un relief, lui confère une densité. Vivre, pour moi, a forcément à voir avec cette capacité que nous avons de *créer du sens*.

Un soir, je devais avoir huit ou neuf ans, alors que je me promenais dans la rue avec mon père, j'ai soudainement levé les yeux vers le ciel. En quelques secondes à peine, j'ai senti se dérouler un fil qui allait du cosmos aux étoiles, puis revenait à la Terre, à la vie sur Terre, aux êtres humains, à mon père et à ma mère, puis à moi, à cette voix en moi qui disait *je*. Il me semblait que ma conscience naissait à mesure que se déchirait le voile qui me séparait de *ce qui n'était pas je*. Devenue l'une de ces poupées gigognes qui s'emboîtent les unes dans les autres, je faisais partie intégrante de ce Tout qui allait de la chenille aux planètes, des étoiles au brin d'herbe. En quelques secondes, l'univers s'est déroulé comme un ruban devant mes yeux d'enfant, et j'ai ressenti un vertige qui contractait mon corps en même temps qu'il provoquait une sensation d'expansion infinie. Certes, je n'étais qu'une poussière dans ce vaste champ cosmique, mais j'appartenais à cette totalité. Et cette conscience à laquelle je venais de toucher – cette voix en moi qui disait *je* – disparaîtrait un jour, comme tout ce qui naissait allait inéluctablement mourir. Je n'étais donc pas le centre de cet univers, j'apprenais que la vie donne et reprend, exalte et broie, et qu'un jour, on allait m'enlever ce qu'on m'avait offert de plus précieux, l'existence terrestre. À ma naissance, une invisible aiguille s'était mise en mouvement. Le temps comptait, je ne pouvais en perdre la moindre goutte.

Sans doute est-ce à ce moment qu'un feu s'est allumé en moi, un feu que j'allais mettre plus de cinquante ans à saisir, à maîtriser et, surtout, à aimer.

Poussée par un irrésistible désir de trouver un sens à chaque chose, je n'ai cessé de chercher avec ferveur, parfois même avec obstination, à atteindre ce noyau, cette *signification* de la vie. J'ai tenté de rejoindre la crête des montagnes abruptes que je gravissais par les flancs les plus escarpés. Presque naïvement, je voulais que me soit révélé le *sens de la vie*, que surgisse une figure qui contiendrait des réponses et éclairerait mon existence entière.

J'ai goûté, plus intensément que tout, le plaisir de creuser dans l'opacité des choses pour en extraire l'agencement qui relie des éléments disparates, et duquel émergeait ce qui s'apparente à la conscience. Comprendre le monde ou saisir sa beauté, me disais-je, cela ne peut venir que de la perception instantanée d'une ordonnance, d'une *figuration du mystère* qui semble lever un voile et rendre ce monde soudain accessible.

Je voulais connaître – saisir et vivre – ce sens que nous promet notre naissance, que nous promet l'Amour, et qu'attestent les textes sacrés.

J'avais envers l'existence une si haute exigence que rien ne pouvait y répondre. Poussée par une force innommable, aveugle à tout autre chemin que celui dicté par cette exigence et sourde à ce qui cherchait à m'emmener ailleurs, je voulais comprendre la destinée de cette matière complexe et magnifiquement organisée qu'est le vivant, et je ne pouvais me résoudre à penser que cette structure riche et efficace n'a pour but que la simple satisfaction d'une chaîne de besoins élémentaires.

L'arbre n'existe-t-il que pour traverser les saisons ? La chenille n'est-elle que pour le papillon, la rose pour l'abeille, l'insecte pour l'oiseau, le jour pour la nuit, la naissance pour la mort ? Et comment peut-on *avoir* la vie sans jamais en posséder la moindre parcelle ?

Au-delà du temps qu'elle écoule, me disais-je, la vie nous destine sans doute à l'accomplissement, à une *réalisation* marquée par la difficulté, la contrainte, l'obstacle à vaincre, souvent dans la souffrance, et qui nous vaut d'être hanté par un *toujours plus* qui, en quelque sorte, voue cette quête à l'impossible.

Avant tout, je voulais être fidèle à cet idéal qui me harcelait et ne cessait de murmurer à mon oreille que la cible était devant, sans cesse devant, et qu'il me fallait continuer d'avancer sur ce chemin qui ne faisait que creuser en moi un vide, et accentuer au dehors le manque que je ressentais.

J'avais soif d'absolu ; tout de la vie n'était que relatif. J'étais en quête d'éternité ; je me heurtais au périssable. Je désirais la lumière et pourtant je ne cessais de me débattre, attachée à la noirceur qui m'était si familière. Je cherchais la demeure du sens et ce que peut vouloir dire *habiter la Terre*. Plus que tout, sans doute, je m'efforçais de trouver *ma propre maison*, cet abri que l'on est seul à pouvoir construire pour soi-même.

Cependant, pensais-je, il se pouvait fort bien que le vivant et l'expérience que nous faisons de la vie à travers les jours, les événements, les liens que nous créons, n'aient aucune direction ; que toute cette matière n'ait pour dessein que sa création et aucune autre visée que son existence même dans la vastitude du cosmos impénétrable. Il se pouvait que le sens ne soit jamais que la route, que le cycle des saisons soit véritablement le sens de la vie. Et ce plaisir du chemin pour lui-même, c'est à travers cette matière qu'est le langage que j'en ai fait pour la première fois l'expérience.

Une soif inextinguible

1e Qu'il est impossible d'éteindre

2e Qui ne peut être satisfait, comblé

Un jour je suis rentrée de l'école et le miracle que j'avais tant espéré s'était produit : je savais lire ! Le monde me devenait lisible, je pouvais boire à cette source que devenaient les mots, décrypter chacun comme un mystère enfin accessible. Désormais je savais lier les lettres, les syllabes et les mots, je déchiffrais le monde à partir de ces signes étranges que l'on retrouvait un peu partout, et dont la signification m'était jusque-là demeurée mystérieuse. La fenêtre n'était plus simplement une vitre, elle donnait maintenant sur un univers de sens. Des chemins s'éclairaient à mesure que je lisais, je suivais la direction qu'ils m'indiquaient. Je dévorais tout ce qui tombait sous mon regard : boîtes de céréales du petit déjeuner, bulles de bandes dessinées, grands titres des magazines et journaux qui traînaient dans la maison, panneaux publicitaires le long des routes, et bientôt mes premiers livres. Au bout de mon doigt qui suivait rigoureusement chacune des lignes noircies par une multitude de hiéroglyphes, se révélait *l'essence du monde* !

Peu à peu, j'ai découvert que les mots n'ouvraient pas seulement un chemin mais plusieurs, et que le sens ressemblait à une figure plate s'ouvrant tout à coup sous le regard pour engendrer deux, trois, quatre dimensions qui sont autant de directions possibles. Ainsi l'amour du langage est-il né en moi ; j'étais fascinée par sa complexité, par ses multiples potentialités et surtout par sa capacité de créer des liens entre les choses, de poser des passerelles entre les êtres.

Plusieurs années plus tard, ma quête de sens m'a menée jusqu'à la philosophie. J'ai plongé passionnément dans des systèmes qui, chacun à sa façon, tentaient d'expliquer le mystère de notre présence au monde. Je me sentais au milieu d'un vaste jardin où chaque fleur devenait un univers. Je me penchais sur chacune pour en extraire le nectar.

On m'avait dit que la philosophie était l'*amour de la sagesse*, et je voulais vivre cet amour pur. Ma recherche était sans objet, j'explorais les territoires inconnus de ma quête, ignorant ce qui pourrait apaiser ma soif. Je lisais avec ferveur les présocratiques, ces poètes de la pensée qui m'attiraient tout particulièrement, je rêvais de découvrir avec eux le principe premier de la vie, en étudiant également la théologie et les philosophies orientales qui exerçaient sur moi une fascination que je ne pouvais alors m'expliquer.

La philosophie m'a peu à peu ouvert un chemin vers la littérature. Par le biais de penseurs qui, de diverses façons, cherchaient à englober les multiples aspects de l'existence humaine et ouvraient en même temps à la dimension charnelle de l'être, aux sensations et aux émotions au cœur desquelles se jouent nos existences, la littérature est entrée dans ma vie. Soudain, le langage disait autre chose de lui-même, je le voyais mettre en mouvement des formes qui généraient du sens. Et, comme je voulais non seulement expérimenter cette richesse par la lecture, mais aussi tenir entre mes mains cette matière en mouvement qui me promettait le sens, j'ai commencé à écrire.

Tout ce qui, à partir de là, allait me constituer, convergerait vers ce travail des mots sur ma vie, et réciproquement. Écrire et vivre devenaient intrinsèquement liés sur ce chemin qui menait au cœur d'une spirale, vers ce centre imperceptible et innommé qui était l'objet de ma quête.

Depuis lors, mon existence n'est plus seulement une suite ininterrompue d'heures et de jours ; elle ne cesse de révéler sa forme, de dire son ordonnance, et se double désormais du regard qu'y posent les mots.

Par cette expérience de la langue qui passe par l'écriture, je peux larguer les amarres et prendre le large, jeter l'ancre au milieu du plus pauvre, de l'inutile qui fait signe et demande qu'on l'honore et le célèbre ; je peux embrasser la douleur et la beauté, demeurer attentive au mouvement de la vie, saisir l'instant menu qui l'exalte, et aussi celui qui la fissure. Dès le jour où les mots se sont montrés à moi, non plus comme de simples corridors que traverse le sens mais comme de l'argile à laquelle donner forme, j'ai suivi ce chemin vertigineux de conscience qui invite à aller vers ce que l'on ignore de soi-même.

Les mots accomplissent un travail de révélation semblable au travail de guérison. Quand nous les laissons aller librement devant nous, ils voient au-delà de ce que perçoit notre regard et nous dévoilent ainsi à nous-mêmes. Et si on leur donne toute la place, ils diront ce qu'ils savent, et que l'on ignore encore. Les mots œuvrent comme des miroirs et nous invitent à la rencontre de notre visage. Ils tâtonnent dans les endroits les moins éclairés de l'être pour trouver ces échappées de lumière qui résistent, déposent leur pollen sur ces petits riens tapis dans l'angle mort de notre vie et qui en rappellent le miracle. Et souvent, au cœur de l'aventure à laquelle les mots nous convient, survient un apaisement, une délivrance même, quelque chose de très proche de ce qu'on appelle *guérison*.

L'écriture creuse des puits, nomme ce qui confère au monde sa beauté – une beauté nouée à l'éphémère. Elle recueille des liens invisibles, en crée de nouveaux, reliant ainsi ce qui apparemment ne pouvait l'être. Jamais je n'ai douté que les mots – ces lampes fragiles qui défrichent la forêt qu'ils éclairent – ont le pouvoir de nous transformer, et par là de transformer ce monde dans lequel nous vivons. Trente ans plus tard, l'écriture ne cesse de m'apprendre la maîtrise du feu.

Les livres se sont succédé, et tour à tour chacun devient le sillon d'une spirale qui ne se dessine qu'à mesure. Tournant sur lui-même et autour de ceux qui l'ont précédé, chaque livre participe ainsi d'un réseau de résonances sans cesse en mouvement.

J'ai tout demandé à l'écriture, et d'abord qu'elle me guide vers le centre de la vie. Ainsi devait-elle conjurer le silence, pointer vers le ciel, me *sauver,* c'est-à-dire me révéler ce quelque chose de très haut et d'infiniment secret qui ne nous quitte pas lorsque notre vie se fracture. Mais il me semblait que l'expérience de la perte – et du deuil – que je transposais dans l'écriture témoignait davantage de ce manque qu'elle ne parvenait à le combler. Bien que ma foi dans les mots n'en fût pour autant jamais ébranlée, les livres s'empilant l'un après l'autre sur ma table, la soif continuait de m'étreindre.

Rien ne l'étanchait, pas même ces rencontres de l'amour qui me promenaient sans relâche de l'attente à la désillusion, de l'espérance à la déception, et créaient plus de tristesse et de tourments que de joie. La relation amoureuse, croyais-je, devait constituer le fondement de ma vie, l'axe autour duquel se construirait mon bonheur.

La fuite de soi

J'étais persuadée que les tourments d'amour qui survenaient étaient nécessaires à mon avancée, plus encore, qu'ils me rapprochaient de l'objet de ma quête. Mais j'épuisais plutôt dans l'insatisfaction des forces qui se renouvelaient difficilement. Très tôt, souffrir m'a semblé aller de soi, je n'aurais pu concevoir le cheminement vers un hypothétique bonheur sans souffrance. C'était comme si, au prix d'efforts importants, je gravissais une montagne dont le sommet me demeurerait irrémédiablement inaccessible, mais je n'avais d'autre choix que de continuer d'avancer sur cette route où se multipliaient les pertes et s'intensifiaient les épreuves.

Le terrain était propice : les malaises physiques et la maladie eurent tôt fait de trouver à s'immiscer. Quatre ans, sept ans, quatorze ans, seize ans, vingt ans ; mon corps cherchait lui aussi une issue, pris dans l'étau d'une vie qui se réduisait de plus en plus à une lutte pour survivre à tout ce qui, sur Terre, représentait une quelconque menace, qu'elle provienne du monde extérieur, des autres ou de lui-même. Je ne pouvais imaginer sortir de l'obscurité de la grotte dans laquelle j'étais enfermée, ou encore me défaire de ces ombres devenues si familières qu'elles se confondaient pour moi avec la réalité.

Je fuyais ce dont j'avais le plus besoin – l'amour –, et renforçais plutôt cette lutte qui n'avait de cesse, tant à l'intérieur de moi que dans ma vie, et accentuait le sentiment de séparation qui déjà m'habitait.

J'en venais à détester non seulement tous les objets de ma lutte mais la tension elle-même, qui me semblait pourtant la seule route possible. C'est du moins ce que j'avais assimilé, et ce que nous apprenons le plus souvent dans nos sociétés. Si une situation difficile survient, il faut lui déclarer la guerre. Elle est l'ennemie qui vient troubler notre quiétude, perturber notre esprit, entraver notre route et l'obscurcir. Nous développons rapidement le réflexe de chercher à éviter les situations inconfortables et à ramener vers le connu ce qui semble vouloir y échapper. Tout doit forcément être noir ou blanc, nous avons une aversion pour le gris, pour ce qui n'est pas linéaire et ne va pas du point A au point B par une droite. D'instinct, nous réagissons à l'inconfort par la fuite, niant par là l'expérience qui nous est offerte.

Nous cultivons les peurs dont nous voulons être délivrés ; nous piétinons les occasions de recommencer que nous supplions pourtant la vie de nous accorder. Nous fuyons le risque et l'inconnu, abhorrons le doute, l'incompréhension, le silence et le tâtonnement ; nous cherchons avec empressement des certitudes – même fausses – sur lesquelles nous appuyer, quitte à nous heurter à d'illusoires limites. Nous laissons l'agitation nous éparpiller et altérer notre attention à l'Autre, détruire notre capacité de nous émerveiller devant la beauté du minuscule et le miracle de l'imprévisible.

Nous aimons ce qui nous réconforte et nous distrait de nous-mêmes, nous penchons pour une somme d'informations – assujetties au *contrôle* – plutôt que pour la connaissance, le savoir libre qui ouvre à la sagesse. Nous privilégions le *vécu* plutôt que l'apprentissage et demandons au virtuel de nous protéger du réel. Si une tension surgit, loin de nous y maintenir, nous cherchons au contraire l'issue la plus proche, refusant ainsi ce que nous pourrions en apprendre.

Il m'était impossible de consentir à toutes les marées d'obscurité qui obstruaient ma vie. Je défiais l'opacité, lui faisais face pour mieux lui résister. Le temps passait, des minutes, des secondes s'écoulaient. Le vide soufflait et il me fallait courir devant pour ne pas être rattrapée par un océan de noir.

Bien du temps me serait nécessaire pour enfin trouver le *don* que me préparaient ces années marquées par la peur, la colère et la souffrance, et accepter ce que la vie a d'irréversible. Du côté où je ne l'attendais pas, elle allait me plonger brutalement dans le courant de l'éphémère. Je n'aurais alors d'autre choix que de m'abandonner à cette ombre que j'avais fuie et, plutôt que de m'y opposer, de la laisser me rejoindre, comme une vague, quitte à ce qu'elle me percute durement. Car c'est l'ombre en soi qui a le plus besoin d'amour.

Aujourd'hui, je ne sais pas. Il n'y a pas de destination. Simplement, j'écris un livre pour la lumière qu'il créera en moi.

Rosace, coupole, spirale

L'avion commence à rouler sur la piste. Ses moteurs vrombissent de plus en plus bruyamment à mesure qu'il accélère. Soudain il pointe le nez vers le haut, comme s'il tentait de se frayer un passage vers le ciel. Enfoncée dans mon siège, je regarde par le hublot la ville qui s'éloigne. Bientôt les maisons ne sont plus que des taches qui s'amenuisent et perdent peu à peu leurs couleurs, comme des souvenirs qu'on laisse s'effacer, sans les retenir.

L'avion a maintenant atteint son altitude de croisière. À l'horizon, l'arc de cercle de la Terre se dessine clairement, et j'aperçois, à quelques kilomètres, un autre avion qui semble suivre notre trajectoire. J'imagine les passagers qui, suspendus eux aussi au-dessus du sol, regardent par les hublots. Dans le bleu parfait du ciel, la lumière est éblouissante. Difficile de penser que plus haut encore, c'est l'obscurité totale.

« Le monde est comme un dé qui tourne sur lui-même, et tout tourbillonne, et l'homme se transforme en ange, et l'ange en homme, et le sommet devient la base, et la base devient le sommet, et ainsi toutes choses tournent sur elles-mêmes et se croisent et se transforment l'une en l'autre et réciproquement et sens dessus dessous*. »

On pourrait croire que notre existence est une succession de jours et d'années qui viennent se déposer sur une ligne, horizontale ou verticale, qui en longe et en croise d'autres. Une vie se composerait ainsi d'une multitude de segments qui se rencontrent, créant un réseau vaste et complexe, fixe et immobile, dans lequel viennent se juxtaposer d'innombrables événements.

Nous nous imaginons progresser sur une ligne droite, avançant d'un lieu à un autre, selon l'idée que nous *traversons l'existence*. Alors nous inventons des cibles,

---

* Rabbi Nahman de Bratslav.

nous visons des buts qui jalonneront notre parcours. Et souvent, nous arrivons à des croisées où notre vie paraît vouloir se scinder, à des carrefours qui nous demandent de choisir l'un ou l'autre des chemins et d'avancer désormais dans une toute nouvelle portion de cet espace.

Mais il suffit de voir tout ce qui achoppe, dans cette figuration d'un réseau rectiligne – entre autres quand nous tentons d'y intégrer des processus naturels, par exemple celui des saisons, ou celui de notre existence – pour constater que cette vision abrupte ne correspond en fait aucunement à notre réalité.

Plutôt que de tracer une ligne sur une surface plane composée d'horizontales et de verticales, chaque vie comprendrait une infinité de mouvements circulaires qui s'emboîteraient les uns dans les autres. Loin d'être un carré logique, une configuration de lignes droites qui se croisent comme des avions en plein ciel, se recoupent parfois et s'ignorent le plus souvent, la vie consisterait donc en un agencement de cercles et d'ovales qui formeraient un ensemble à la fois simple, complexe et parfaitement cohérent. Il suffirait alors de se déplacer sur un des cercles pour voir ce qu'on n'avait encore jamais perçu.

Cette idée d'une infinité d'emboîtements de cercles qui se constituent et se reconstituent les uns à partir des autres est commune à de nombreuses cultures, tant chez les Grecs que dans les sagesses orientales. La symbolique du cercle, figure puissante et féconde en regard de notre compréhension de l'être et du monde, exerce une fascination réelle sur l'imagination, et cet archétype universel a même investi certains domaines scientifiques qui lui confèrent désormais une dimension objective.

Les symboles abondent – fleur de vie, spirale, labyrinthe, coupole, rosace, oculus – pour évoquer cette expérience du cercle qui nous est offerte de différentes manières, et qui concerne aussi bien le vivant que le divin, et souvent même les unit.

Je me souviens d'avoir assisté à une représentation de la célèbre danse sacrée des derviches tourneurs, ces disciples de Djalal al-Din Rûmî, fondateur du soufisme. Coiffés d'une haute toque figurant une pierre tombale, les danseurs étaient arrivés sur scène vêtus d'un manteau noir évoquant à la fois l'enveloppe charnelle et la mort, dont ils se libéraient au moment où ils commençaient à tourner lentement sur eux-mêmes, tête baissée et bras croisés sur la poitrine. Sous leur manteau, ils portaient une longue robe blanche, symbole du linceul, dont les rebords flottaient légèrement autour d'eux. Ils étendaient alors les bras, ouvraient la main droite vers le ciel pour en recevoir la grâce, retournaient la gauche vers la terre pour propager cette grâce et entamaient le tour de la salle. À ce moment, il m'a semblé que je pénétrais dans chaque particule de l'univers et que j'en ressentais le mouvement profond.

Comme les planètes tournent autour du Soleil et autour d'elles-mêmes; comme tourne l'électron autour du noyau atomique et tourne le sang dans le corps humain; comme tournent les saisons, tourne l'histoire, de l'âge de pierre à celui de la parole, les derviches épousent cette figuration circulaire du vivant et des éléments. Et alors qu'ils pourraient sembler errer en périphérie d'un centre indéfini, à mesure que s'accentue le rythme de leur danse, ils gravitent d'un sillon à un autre dans une invisible spirale.

Et lorsqu'ils en atteignent enfin le cœur, l'union sacrée s'accomplit.

La nature et le divin s'harmonisent également dans le mandala, cette autre représentation significative de l'univers qui fait appel au cercle. À la fois œuvre d'art et support de méditation d'une grande complexité à l'intérieur duquel chaque détail a un sens, le mandala invite le méditant à se projeter dans l'image pour s'y fondre entièrement. On peut aussi penser à la rosace, cette figure formée de courbes qui s'insèrent dans un cercle à partir d'un point central, et que l'on retrouve principalement dans l'architecture religieuse.

Ainsi, nous rappellent la danse des derviches, le mandala et la rosace, chaque élément de la création tourne autour d'un centre, de telle sorte que « tout corps tourne autour d'un autre corps* ». Comme dans un cercle, ou mieux encore une spirale, les choses et les événements créent une suite ininterrompue de moments intimement liés qui, plutôt que de se succéder, se constituent à partir de ce qui les précède. Chaque nouveau sillon de la spirale dans lequel on

* Platon.

entre porte ainsi la trace du sillon antérieur. Mais l'on s'entête à conserver une vision linéaire du monde, on persiste à penser qu'on avance droit devant soi, que les choses se croisent de façon fortuite et cela nous amène à vivre comme si la Terre était plate, et le temps, un étroit corridor où s'amoncellent des pas humains.

On ne peut accomplir la traversée d'un cercle, cette forme en elle-même à la fois ouverte et achevée, qui constitue la représentation même de l'achèvement. Vivre, c'est faire l'expérience du mouvement permanent qui en est l'essence même.

Mais il y a tant de prétextes, tant d'occasions de renforcer les apparentes oppositions entre les choses, d'accentuer ce qui tient à la différence, à la linéarité et à la séparation, tant de moments qui nous font oublier que toute transformation passe forcément par cette vision circulaire de la vie qu'épousent la matière et le mouvement même de l'univers, par ce « cercle dont le centre est partout et la circonférence nulle part* ».

* Hermès Trismégiste.

Atteindre le centre. Un centre qui, sans origine ni fin, nous détacherait d'un *but*. Nous *libérerait*.

Nulle part où aller. Tenir ainsi, au cœur d'une invisible spirale, serait-ce donc cela, l'ultime promesse ?

L'IMPERMANENCE QUI FAIT SIGNE

Le concept d'impermanence occupe une place centrale dans la pensée bouddhique

L'avion est légèrement secoué par des turbulences. Vu d'ici, le monde ressemble à une vaste étendue de couleurs qui se croisent pour se fondre les unes dans les autres, et où murmurent des histoires qui s'entrelacent dans cet espace où l'infime lève les yeux vers l'infini.

Un nuage inattendu traverse le hublot. Lente et assurée, sa course ne fait aucun doute sur l'issue : bientôt il aura disparu du rectangle par lequel je le vois, il rejoindra ce passé sans autre existence que les traces qu'il laissera. Un autre nuage poursuit la même trajectoire.

Je le regarde qui passe et, ce faisant, comme tout ce qui a composé ma vie jusqu'ici, il m'invite à reconsidérer mon attachement à ce que l'on nomme *réalité*.

Que je tente ou non de retenir un être ou une chose, quelle qu'elle soit, cette chose m'échappera, inévitablement, cet être s'en ira comme cette mer de nuages de l'autre côté du hublot. Le temps tire le fil à peine perceptible au bord du cercle, et la figure, comme le sens, commence à se défaire.

On ne peut rien retenir, on le sait, mais cette expérience est souvent si douloureuse qu'on la refuse, et l'on reste face à ce qui s'est défait devant soi, impuissant, stupéfait par ce qui s'est transformé à notre insu, est passé du printemps à l'hiver et nous laisse maintenant au milieu de cette dévastation. Et si l'on demeure attaché à ce paysage de ruines, on empêche alors le feu de renaître.

Quelle faille surgit ainsi, au milieu du cercle, pour que s'immisce le temps et que pointe l'impermanence, cette jumelle de la mort dont nous faisons une expérience apparemment moins radicale mais au fond tout aussi intense ? Est-ce le temps qui nous éjecte d'une circularité absolue, sous prétexte de nous épargner la répétition et de nous accorder le sens, ce sens dont nous sommes désespérément en quête et volontiers en manque ?

Nous appartenons à la nature, à ce cycle sacré qui nous apprend le fondement même de la vie : l'incessante transformation de toutes choses. Les plus grandes sagesses s'accordent d'emblée aux mouvements naturels – pensons aux philosophies orientales mais aussi à la sagesse amérindienne fondée sur une perception de la nature comme miroir de l'être humain. Elles s'attachent au processus par lequel rien n'échappe à l'impermanence, du simple fait que tout se modifie, transfiguré par l'érosion même qui dégrade chaque chose jusqu'à la détruire. La science nomme cet irréversible processus entropique la *flèche du temps*. L'impermanence est donc aussi le signe d'une transition et d'une continuation sans cesse actives au sein du vivant.

Tout s'emboîte dans ce réseau qui embrasse l'univers entier et où résonnent et se répondent les grands et les petits événements de notre histoire. Tout gravite vers le centre d'une invisible spirale que tendent à rejoindre nos pas, nos gestes, et jusqu'à la moindre des sensations que nous éprouvons. Même les mots, même les phrases tiennent d'un état transitoire qui les porte d'un *passage* à un autre. Pareilles à des vagues, les phrases participent aussi de ce mouvement qui les enroule et les déroule, chacune tirant le fil échappé par celle qui la précède, tournant sur elle-même et sur la page comme un derviche, drapée dans ce qui la transforme et l'effacera pour qu'elle renaisse, en quête d'un sens qui pourrait être le but mais aussi le chemin.

Accords

Lentement, le continent s'éloigne en s'amenuisant jusqu'à disparaître. La tête appuyée contre le hublot, je regarde le rideau de bleus qui se referme devant mes yeux. Nous sommes maintenant au-dessus de la mer, où le temps relâche légèrement son étreinte. Les images et les événements qui tourbillonnent en moi depuis si longtemps commencent à se poser. À la surface de l'eau, des formes mouvantes se croisent et s'entremêlent jusqu'à se fondre les unes dans les autres et en recréer de nouvelles.

Je contemple ces étranges fluctuations et me laisse bercer par la sensation d'infini qui m'enlace peu à peu, par la beauté de cet horizon d'autant plus impénétrable qu'il se passe de nous.

Plus de lutte, plus de tension ou de séparation. Il y a longtemps que j'ai ressenti un tel apaisement. La turbulence et les remous dans lesquels j'ai été plongée ces quelques dernières années se dissipent enfin, et je flotte maintenant, sans m'abîmer, sans couler vers cette ombre qui jusqu'ici ne m'a pas quittée des yeux.

Par le hublot, je vois le ciel et la mer qui se confondent et projettent devant moi l'image même de cette quiétude. Il semble n'y avoir ni commencement ni fin, comme en un cercle, le mouvement de l'un pourrait devenir celui de l'autre.

Je me penche un peu plus pour mieux voir l'océan. Les figures ondoyantes ont laissé place à des fragments de terre disséminés çà et là, et qui semblent ponctuer la surface de la mer dans une langue inconnue.

Je fixe cet horizon, sachant qu'à travers lui je cherche à voir mon propre visage, à entendre ce qu'il sait de l'humain et de la vie, et que j'ignore encore. Ainsi le passage répété des nuages dans le hublot peut-il devenir le reflet de ce monde qui s'écoule et se transforme à mesure.

Il en est de même pour tout ce que je regarde : montagne, île, arbre, jardin – le vivant, au dehors, crée la possibilité de mieux voir au dedans.

Ces derniers jours, alors que je préparais mes bagages avant mon départ, le paysage ne cessait de se dénuder. Les arbres égrenaient leurs feuilles comme des heures et les rendaient à la terre. Bientôt l'hiver les avalera, puis ce sera la semence du printemps et enfin la fleur d'été, fragile entre nos doigts, qui se fanera pour que le cycle se poursuive.

J'observais ce paysage comme un miroir permettant de mieux voir à l'intérieur de moi, sachant combien ces liens entre la nature et nos états intérieurs permettent d'approfondir la compréhension de la condition humaine. Chaque élément devient ainsi l'allégorie ou l'incarnation d'un aspect intérieur de l'être et de l'existence.

Si j'ai lu avec avidité nombre de philosophes occidentaux, c'est pourtant de la sagesse orientale que je me sens particulièrement proche. Par son accord intime avec la nature, elle m'invite à modifier ma vision, à percevoir les choses dans la perspective d'un mouvement cyclique davantage que sur un axe qui les oppose les unes aux autres. Elle insiste par exemple sur le processus de transformation plutôt que sur notre volonté d'atteindre des buts et de combler nos désirs. Puisque l'*objectif* disparaît, ce qui pourrait susciter la lutte bascule plutôt dans la *transition,* cette étape marquée par le déploiement – et donc le renouvellement – d'une chose (d'un état, d'un être ou même d'une situation) à travers une autre. Il n'y a alors plus de contraires irréconciliables, car les opposés rendent compte du changement, chacun constituant un moment dans lequel l'autre se développe et va d'essor en déclin, puis de nouveau vers l'essor.

Nous sommes habitués à considérer l'existence à partir de la dualité, et par conséquent à nous sentir constamment séparés. Notre corps, notre esprit, nos sensations, notre âme et nos émotions : nous compartimentons notre être de telle sorte que nous n'arrivons pas à unifier ce que nous vivons.

Le plus souvent, donc, nous articulons notre existence autour de l'opposition, mais nous occultons la figure emblématique du triangle, cette jonction de verticales et d'une horizontale culminant en une pointe qui s'élève au-delà des pôles, les unit et permet ainsi de surpasser la dualité. Ce processus ternaire, à la fois sacré et initiatique, tient fondamentalement à naître, à mourir et à renaître.

Si l'on multiplie les verticales et les horizontales, on se retrouve alors dans le cercle dont le triangle est déjà le prélude. Le fruit serait donc le dépassement de la fleur qui était dans le bourgeon. Et l'on ne peut célébrer le fruit ainsi engendré que par la mort des deux états qui le précèdent. Comme la lumière crée de l'ombre qui jamais ne la nie, la vie est une dynamique complexe qui tient à des forces apparemment opposées et contradictoires que nous tentons de réconcilier, alors qu'il s'agit plutôt de les considérer comme des moments parfaitement accordés les uns aux autres, chacun s'avérant nécessaire dans l'incessant mouvement des choses.

Les sagesses orientales nous ouvrent des perspectives nouvelles et fécondes. La science et la philosophie ne cessent d'ailleurs, depuis plusieurs décennies, de s'en rapprocher pour revisiter notre lien au monde.

Ainsi, du côté de la physique actuelle, l'une des leçons les plus significatives, mais aussi l'une des plus exigeantes à appliquer dans nos vies, tient à ce qu'il n'y a pas de séparation entre le dehors et le dedans, entre la matière et l'esprit: le monde extérieur n'est qu'un reflet de la réalité intérieure de celui qui l'observe. Par conséquent, notre façon de percevoir une chose la transforme déjà. Dès ses premiers balbutiements, la théorie quantique a réfuté le lien de cause à effet et lui a substitué l'incertitude et la probabilité qui ébranlent la pensée déterministe.

Il est facile de croire que les choses ne se produisent que par causalité et de vivre suivant ce lien qui nous permet d'attendre chaque fois, à partir d'une même cause, un même effet. Nous devenons alors les *victimes impuissantes* des événements qui surviennent. Mais il n'en est rien, comme la théorie quantique ne cesse de l'établir en démontrant entre autres que ce qui existe dans la réalité physique est en fait un champ infini de potentialités qui existent simultanément, et sur lequel nos pensées, sentiments et émotions ont un effet certain. Ainsi notre pleine présence au monde nous est-elle redonnée et, en même temps, la conscience de notre capacité de créer.

Particulièrement attaché aux implications philosophiques de cette théorie, le physicien David Bohm soutenait que chaque région de l'espace et du temps révèle et contient l'univers entier. Plus encore, ce que nous appelons la *réalité* ne serait que ce que nous créons à partir de notre monde intérieur. La loi quantique nous invite ainsi à réévaluer le statut de la réalité, à redéfinir notre façon de penser et, de là, à nous ouvrir à une nouvelle compréhension de l'univers.

L'île fracturée

Par le hublot, j'aperçois maintenant le sable blanc qui indique des hauts-fonds, des jardins de corail qui confèrent à la mer une harmonie de couleurs d'une indicible beauté.

Soudain apparaît une île, la première du chapelet qui va s'égrener devant mes yeux.

Île : *insula*.

Je ne suis pas retournée dans l'île depuis le long séjour d'écriture que j'y ai fait il y a quatre ans. La vie, à travers un deuil amoureux, m'avait jetée par-dessus bord. Je me préparais à écrire un ouvrage sur les lieux, sur les jardins, les maisons, les temples, ces espaces vastes et réduits que l'on habite. Mais dès que ma vie s'est fracturée, le fil des mots s'est rompu, me laissant avec un silence dur et opaque au fond de la gorge, un silence qui me semblait impénétrable.

Si je ne voulais renoncer à écrire – oserais-je ajouter à vivre –, je devais partir, trouver un lieu où traverser cette souffrance. Aussi suis-je allée dans une petite île, au bout du continent. Là, me disais-je, je m'abandonnerais aux remous tourbillonnants qui continuaient à déferler sur ma vie. Et après, longtemps après, peut-être allais-je trouver dans ce lieu un quelconque apaisement.

Sans le savoir, alors que je croyais m'en rapprocher, je m'éloignais de mon livre initial.

Quelques jours après mon arrivée dans l'île, j'ai commencé à écrire. Il a suffi de quelques pages pour que le livre que j'envisageais fût avalé par celui qui désormais s'imposait.

Le présent. Le deuil. L'île, ce fragment de terre qui avait rompu avec le continent, me disait tout ce que je devais entendre. Seul ce présent voulait entrer dans mes phrases. Je croyais me pencher sur les lieux et sur les liens, j'allais plutôt écrire sur les ruptures. L'île savait ce que j'ignorais encore.

Il faut souvent abandonner l'idée que l'on se fait d'un livre pour laisser place à celui que l'on *doit* écrire, celui qu'interpelle le présent et qui, par là, répond à cette nécessité intérieure qui est le seul maître.

J'ai donc écrit ce livre dont le chemin initial a été totalement transformé par la vie. À ce moment-là, ce n'était pas celui que je *voulais* écrire. Mais c'était le seul à écrire. C'était le pas suivant. J'ai donc pénétré au cœur de la fracture pour en ressentir les aspérités, de nouveau. Cette fois, avec les mots, je suis descendue là où se trouvait la blessure pour en toucher les bords, en éprouver les reliefs ; je me suis abandonnée à la chute pour comprendre sa nature, son lent processus, et ne rien éviter de la douleur au moment où le sol apparaît. J'ai fait face au dragon qui m'attendait tout au fond de la caverne obscure qu'habitaient mes ombres.

Aujourd'hui je retourne dans l'île. Je n'y suis pas revenue depuis l'ouragan qui a meurtri les jardins.

Si mes pas se sont alors égrenés comme du sable sous les vents puissants, la vie ne faisait – je ne peux l'ignorer – que répondre à ma propre supplique.

N'avais-je pas souhaité être *délivrée*, déliée des amarres qui me tenaient loin du large dont je rêvais secrètement ? N'avais-je pas exhorté la vie à m'arracher à ce qui entravait mon chemin ? La vie, on l'oublie parfois, n'est jamais une parole qui s'impose mais plutôt un dialogue qui s'instaure.

Je ne savais ce qu'il allait m'en coûter, mais je voulais être affranchie des peurs qui me gardaient captive et dirigeaient ma vie ; je souhaitais être libérée des vaines protections qui, en réalité, représentaient mes prisons les plus exiguës.

Bien que l'on apprenne de façon souvent insidieuse à aimer sa captivité, il arrive qu'un craquement brise le silence parfait de la caverne, qu'une faille se produise et que quelques gouttes d'eau fassent entendre le son de la vie. On commence alors à espérer que les gouttes se transformeront en un filet d'eau, puis en un léger ruisseau, et enfin en un fleuve qui nous déplacera vers quelque chose de plus vaste, de plus libre.

L'avion est secoué par de fortes turbulences. Je ferme les yeux. Des années se sont écoulées depuis mon séjour dans l'île, tant de jours depuis celui où un rideau d'obscurité est tombé violemment sur mes pas, depuis cette tempête qui a ravagé ce qui avait patiemment grandi au fil du temps. Des années depuis cette leçon de l'arbre et des vents qui viennent tout balayer.

Ce jour-là, le monde s'est tu. L'horizon, la montagne, les arbres, les branches et les feuilles, les bourgeons, l'herbe, le sol qui recueille nos pas – la vie entière s'est tue. En un instant, le sens s'est éteint. Un brouillard opaque s'est posé sur tout ce qui, jusque-là, faisait signe, un torrent de nuit s'est jeté sur ces fragments de vie minuscules qui crépitaient – une ondée dans la forêt, le bruissement léger des feuilles qui s'abandonnent aux vents –, plus aucune présence ne me laissait entendre son battement. Le souffle des jours était coupé, seul un vide vertigineux flottait sur chaque chose et s'immisçait en moi.

Le monde est alors devenu une absence de *maintenant*, un silence qui bouchait ce qui était à venir.

Des automnes pour le deuil, à regarder le passé se détacher lentement du présent ; des hivers de silence à tâtonner dans un monde devenu lourd et opaque, chargé d'inconnu à braver ; des printemps d'espérances, de naissances et de recommencements ; des étés à chercher la joie au milieu des vastes champs, à escalader les montagnes, à fixer le ciel pour en extraire une clarté ; chaque jour, je quittais ce que je croyais savoir de moi-même pour aller vers ce que j'en ignorais.

Du temps pour comprendre qu'il me fallait non pas scruter l'obscurité, mais au contraire m'ouvrir à la lumière, la nourrir comme un jardin, l'habiter comme une maison. On peut analyser sous tous les angles une blessure, cela permet de la connaître et de la comprendre, mais rarement de la dépasser, donc de la *guérir*. Le pardon, la compassion, la sérénité et même la joie relèvent peut-être davantage d'une capacité à s'élever sur la pointe du triangle pour voir s'ouvrir l'horizon au-delà des manquements dans lesquels nous sommes enfermés.

Lorsque l'ombre est venue, j'ai d'abord résisté. Je ne voulais pas de cette boue qu'elle allait jeter sur la route, sur mes jours, je ne voulais pas des milliers de fragments éclatés qui seraient éparpillés un peu partout et que je devrais ensuite retrouver un à un pour *refaire ma vie*, comme on dit.

Fermer les yeux, laisser l'ombre glisser sur le sol comme celle d'un nuage; fermer les yeux et ne les rouvrir qu'après, longtemps après le passage de l'orage; fermer les yeux dans la peur de laisser échapper la lumière qui me serait offerte, longtemps, très longtemps après la tempête. Car cette lumière, je ne doutais pas qu'elle existât, derrière le rideau d'opacité, je la pressentais fortement, je savais qu'elle était la raison d'être de l'ouragan. Mais je devais apprendre la patience envers moi-même et éprouver une foi inébranlable en la vie.

Plutôt que de lutter, j'ai senti qu'il fallait m'abandonner aux vagues qui me soulevaient pour que glissent mon cœur, mon âme et mon corps au fond des eaux troubles, sans me débattre, sans même chercher à m'agripper ou à atteindre une rive qui m'était alors inaccessible. J'ai su qu'il me fallait toucher le bout du fil qui venait de se rompre brutalement, pour tout refaire, tout reprendre de zéro.

Au bout des ombres

La maison où j'habitais, le lac, la forêt ; à force de chercher à la retenir, j'ai perdu cette vie que j'avais figée en une figure parfaite dont chaque élément demeurait immobile, engendrant, croyais-je, un équilibre indestructible. Je voulais être délivrée de mes peurs, mais j'étais habitée par la plus puissante : perdre ce qui m'était le plus cher, voir s'effriter cette parfaite ordonnance qu'était devenue ma vie.

Je pensais alors à ces moines tibétains qui élaborent patiemment de complexes mandalas de sable coloré et qui, une fois la figure achevée, regardent le vent l'emporter en un rituel qui évoque l'impermanence des choses. Année après année, quelques grains de sable à la fois, j'avais lentement édifié la figure absolument cohérente de ce qu'est *une vie*. Tout y était : dans la vaste maison, amour, famille et amis autour de la table, un jardin de fleurs et d'arbres hauts, et au bord du lac des rochers solidement amarrés pour dire l'histoire qu'on habite, accomplir l'image exemplaire de l'existence.

Et un jour la vie a soufflé sur ce mandala qui m'était si précieux. Brusquement, elle m'a jetée dans le courant de l'éphémère. Le fil de l'amour s'est rompu. Médusée, je ne pouvais aller vers l'avant ni revenir en arrière.

Cet être que j'aimais plus que tout s'était évaporé. Il aurait pu mourir, cela n'aurait été pire. Il aurait pu partir sans déchirer tout le passé, cela n'aurait été mieux. Rien de pire, rien de mieux ; du côté où je ne l'attendais pas, la vie m'a précipitée dans le vide.

Comme à l'instant de la mort, j'aurais voulu étreindre une dernière fois son corps, prendre son visage entre mes mains, poser ma bouche et respirer pour emporter avec moi l'odeur des cheveux, de la peau, j'aurais voulu dire l'amour, une dernière fois, tout l'amour au-delà de la douleur et des regrets, pardonner les blessures infligées, demander pardon et à mon tour me pardonner mes failles et manquements, retourner à la cime, voir la splendeur du commencement et refaire une dernière fois le trajet de l'histoire, remonter le cours des souvenirs, les passer au tamis du cœur et tenir entre mes mains la magnificence de cet amour. *J'aurais voulu… J'aurais aimé…* Mais déjà nos vies, nos mondes séparés s'en allaient chacun sur un nouveau chemin.

À l'instant même de la cassure, j'ai su que ma vie, ce mandala que j'avais cherché à tenir à l'abri des vents, venait de se désagréger. Le sable recueilli patiemment au fil des jours, des milliers de jours d'amour, avait volé en poussière. Le meilleur de ma vie, ai-je alors pensé, était désormais derrière moi.

J'étais projetée au milieu de ce vide que l'on redoute tant; que l'on fuit comme l'orage, comme le mal ou la mort. Car on ne veut pas du chemin qui appelle à descendre à l'intérieur de soi, qui nous désarme et ravive nos doutes. On aspire au ciel intact, mais on se dérobe aux grands vents qui balaieront les nuages. Surtout, on s'esquive devant ce lieu si fragile où l'on sera face au pire de soi, on tourne le dos à ce qui nous demandera de nous transformer. On préfère tout changer autour de soi plutôt que de renouveler un seul aspect de son être. Mais ce que nous fuyons nous rattrape forcément, car c'est la seule chose dont nous avons alors réellement besoin.

J'habitais une maison qui surplombait le lac. Exposée aux vents, elle paraissait immense, enclavée entre deux presqu'îles. Quelques bouleaux fragilisés les bordaient, délimitant la rive. Les formes de cette maison étaient complexes, depuis les corniches enchâssées les unes dans les autres jusqu'aux paliers multiples de la terrasse qui se rejoignaient de façon plutôt singulière. Les couleurs de la façade étaient sobres, suffisamment bien agencées pour ne pas avaler la beauté lumineuse du paysage. Étonnamment, même si la maison était orientée au sud, les pièces étaient plutôt sombres. Elle avait été construite et aménagée en plein hiver de verglas, très rapidement.

La maison comptait de nombreuses pièces qui s'étaient peu à peu chargées de meubles et d'objets de toutes sortes, au fil des années passées à accumuler de plus en plus le moins que nécessaire…

Plusieurs accès rejoignaient le jardin essentiellement composé d'îlots de pierres où l'on pouvait s'installer et avoir vue sur le lac et l'horizon de montagnes qui l'entouraient. Du côté gauche du jardin, des pins élancés créaient une sorte de paravent entre le lac et la maison, tandis que l'autre rive, totalement découverte, s'offrait sans retenue aux regards de ceux qui naviguaient paisiblement, tournés vers la maison qui surgissait entre les deux presqu'îles.

À chacun des trois étages, des fenêtres couvraient la largeur de la maison. Une vaste terrasse la reliait à un pavillon transformé en lieu de travail. Un chêne qui, l'année durant, conservait ses feuilles amples, surplombait le bâtiment et semblait veiller sur lui comme un sage. Chaque mur des quatre pièces du pavillon était couvert de bibliothèques. Des livres, des milliers de livres se disputaient les rayons et dessinaient un tableau racontant à sa manière l'histoire d'une vie.

Dans la maison, peu importe où l'on était, le lac attirait le regard. Ainsi pouvait-on voir venir l'orage. L'été, l'eau commençait par se froisser sous le vent léger, on voyait l'écume s'accumuler sur le sable, et le clapotis bientôt se transformait en une houle plus marquée. Des vagues se formaient, rapidement hautes, elles déferlaient et venaient s'écraser sur la rive. À l'horizon, un rideau opaque de pluie surgissait, traçant une ligne nette, et à mesure qu'ils se rapprochaient de la maison, les vents gagnaient en intensité, secouaient violemment les arbres, forçant les bouleaux à s'incliner.

L'hiver, c'est la tempête que l'on guettait. Elle arrivait fréquemment sans avertir. En quelques minutes, la neige légère se changeait en une épaisse étoffe blanche qui obstruait complètement la vue. Mais même si l'on épie ses mouvements, le plus souvent, on ne voit pas venir l'orage ; même si l'on cherche à la deviner, on ne sent pas la tempête qui va casser les fenêtres.

Alors un jour la vie souffle sur cette figure parfaitement ordonnée, sur ces grains que l'on a patiemment agencés pour se mettre à l'abri.

Se souvenir, en espagnol *recordar*, vient du latin *re-cordis*, qui signifie « repasser par le cœur ». Tandis que je revois chaque pièce de la maison, la mémoire se déplie, les souvenirs s'ouvrent comme les bourgeons de printemps répandent le vert tendre des feuilles légères sur l'horizon, raniment cette histoire qui cherche à atteindre le cœur pour qu'il ne reste pas que la douleur sur les murs et des ombres qui jonchent le sol, mais aussi la joie lumineuse de cet amour, nos âmes plongées dans l'étreinte des heures, nos vies se renversant et tombant l'une dans l'autre – ce fut cela, le bonheur, dès le premier jour, nos regards s'accordant à la lune pleine, nous savions le mouvement des ans qui nous porteraient jusqu'à la cime.

Quelque chose de magnifique s'est passé dans mon existence, et son souvenir soudain se met à respirer en moi. Il s'éclaire lentement, puis se pose sur la surface du lac qui reflète la beauté de ce visage que j'ai tant aimé, celle de l'histoire qui a eu lieu. Les événements ondulent légèrement, se défont peu à peu du noir qui les déguisait en souffrance toujours vive, et l'amour resurgit en moi, intact, celui-là même qui ne meurt pas quand tout bascule.

Quelque chose de magnifique s'est passé, que je redonne à mon cœur qui peut désormais le conserver comme une semence qui fera éclore, de nouveau, la grâce et l'émerveillement de l'amour.

Libérés de l'étreinte du regret et du ressentiment, les souvenirs enfin rejoignent le cœur, trouvent là l'apaisement, le pardon, cette fenêtre de printemps.

Falaises

Il est si difficile de faire face à ce qui, en soi, doit se transformer, que l'on préfère *changer* ceci ou cela chaque fois que revient le mal-être, et l'on s'invente des maisons pour ne pas avoir à construire celle que l'on pourrait devenir pour soi-même.

En effet, plus facile, croit-on, de *changer* de lieu, de passer d'un amour à un autre, d'aller *refaire sa vie* dans un autre pays, d'acheter de nouveaux meubles, de nouvelles chaussures; plus facile d'arborer une coiffure différente, de rouler dans une voiture de l'année, de troquer le très vieux pour le tout neuf, de croire que le malaise vient de l'absence de l'objet dernier cri dans notre vie, ou de celle d'un prince des bois, d'une reine des neiges par qui l'univers entier s'illuminerait, ou de penser qu'une enfance heureuse aurait colmaté les brèches, comblé les manques…

Il est évidemment plus aisé de modifier tout le dehors que de transformer un seul aspect de notre être; plus facile de reconstituer constamment les conditions extérieures dont dépend, croyons-nous, notre bonheur, que d'accepter le fait que nous sommes seuls responsables de l'insatisfaction qui peut nous assaillir et finir par nous ronger.

Quelque chose nous manque, mais plutôt que de transfigurer cette expérience, nous y projetons nos attentes, et cela ne cesse de nous éloigner de l'objet même de notre quête, qui devient alors une source de souffrance.

Combien de fois ai-je secrètement espéré que ma vie bascule et que surgisse la possibilité de *tout recommencer*, de jeter par-dessus bord les bagages trop lourds accumulés au cours des ans ? Combien de fois ai-je attendu l'occasion de me délester du poids d'une vie qui, après avoir été celle dont j'avais rêvé, ne me ressemblait plus ? Combien de fois ai-je souhaité que tout se renverse pour ne garder que ce très peu qui procure la liberté de la dépossession véritable ? Mais combien de fois aussi ai-je baissé la tête et les bras, craignant d'avoir été entendue, que mes prières soient exaucées et que je sois bientôt contrainte à plonger dans l'obscurité de l'inconnu pour *tout recommencer* ? Combien de fois ai-je tourné les talons devant la peur ?

Toute une part de notre vie converge vers l'accumulation, vers le gain. Les biens, les expériences, les sensations ; nous connaissons l'art du *profit,* mais l'idée même de la *perte* nous angoisse et nous terrifie. Sans qu'on y prenne garde, notre existence devient une somme de jours, de mois et d'années où s'entassent sans distinction les êtres et les événements devenus fades et banals, faute d'être embrassés au cœur d'une vie accueillie comme un don, où nous sommes intimement unis à toutes choses, et qui témoigne de ce fragile miracle qu'est notre présence.

Nous achetons de vastes terrains que nous clôturons pour ne pas voir et ne pas être vus. Nous y construisons des maisons de bois ou de briques, étanches et refermées sur elles-mêmes. Nous meublons chaque pièce, accrochons des images aux murs et remplissons les armoires d'objets de toutes sortes. Puis nous verrouillons les portes, les fenêtres, baissons les stores, fermons les volets et installons des alarmes. Nous sommes parfaitement à l'abri, disons-nous, enfermés dans un monde sécurisant et ordonné qui ne laisse aucun espace pour que la vie manifeste sa puissance sacrée.

Nous adoptons le confort de nos peurs, nous trouvons refuge dans nos ressentiments. Nous escaladons des montagnes mais reculons devant le chemin escarpé qui invite à se connaître et à se transformer. Nous voulons être délivrés de ce qui participe de la vie même : le risque et l'orage, la mort, le vertige, l'inconnu.

Nous montons dans un train sans savoir où il nous mènera. Nous le voulons rapide et sans fenêtres, nous ne voulons ni qu'il s'arrête ni qu'il change de voie. Nous ne demandons ni d'où il vient ni où il va, nous ne regardons pas même le paysage, ne voulons changer ni le trajet ni la destination. L'essentiel est que nous y soyons confortablement installés, et que cela nous inspire un sentiment de sécurité. Nous aimons cette sécurité, même illusoire, plus que tout, plus que notre cœur, plus que notre âme, plus que la vie. Et malgré que ce même train nous ait déjà conduits droit vers un mur, nous y montons encore, car nous faisons tout pour éviter de nous retrouver au bord de la falaise, tout pour éviter de devoir sauter et laisser se déployer nos rêves et s'ouvrir le meilleur de la vie. Nous ne voulons pas des vents qui soutiendront notre vol, pas du merveilleux vertige d'être libres et d'inventer notre chemin.

Nous allons jusqu'à lutter contre ce qui nous maintient vivants, contre ce mouvement de transformation qui en est l'essence même. C'est comme si nous tentions d'empêcher la rose de se faner ou l'hiver de devenir le printemps ; comme si nous voulions retenir le vent de souffler sur les nuages, le fleuve de rejoindre l'océan. Nous oublions le sol incertain, la porte restée ouverte, la vie, comme un mandala jamais achevé, toujours à recomposer. Nous construisons, mais nous oublions ce qui furtivement nous édifie, et que nous sommes pour nous-mêmes cette maison que nous espérons, que nous attendons.

Nous résistons si fortement à ce qui nous invite à renaître, alors que nous appartenons à ces recommencements comme la vague à l'océan.

« Quand il y a tremblement de terre, laissez la terre trembler et se fendre, et quand il y a un riche jardin de fleurs, laissez-le être lui aussi*. » Si nous avons tant de réticences à *laisser être* et à souffler nous-mêmes sur le mandala, ce n'est pas seulement parce que nous sommes attachés à l'effort qui a été nécessaire pour le créer, mais aussi parce que nous tenons aux fruits de cet effort. Si ce long travail nous a coûté, il nous a en effet également beaucoup apporté, nous a gratifiés de ces *gains* que sont les biens matériels et aussi, parfois, la reconnaissance ou même l'amour.

Alors, lorsque la vie nous demande de nous abandonner à la fureur des vents et à la brûlure du feu, notre premier mouvement est de résister. Nous refusons de détruire ce que nous avons patiemment édifié ou difficilement gagné. Nous ne sommes pas prêts à laisser la feuille se détacher de la branche et s'échouer au sol. Nous voulons les fruits de la semence. Mais le vivant nous apprend que seul compte ce grain planté sans attente dans la terre labourée pour l'accueillir. Comme lui, nous sommes voués à la transformation.

---

* Pema Chödrön.

Nous craignons la morsure du feu, nous souhaitons éviter la turbulence des eaux. Nous oublions ainsi la fraîcheur de la mer, son indicible beauté, que la flamme est source de lumière et que c'est la nuit qui nous conduit vers l'aube.

Nous cherchons à échapper à ce qui nous renversera, nous fera basculer sur un autre sillon et retournera la figure. Nous luttons contre le vent qui l'emportera, et nous avec elle. Nous résistons à ce qui nous invite à renaître.

Et l'épreuve consiste justement à intégrer cet espace de transition et à mettre le feu au bûcher, à ce nid fait de branches et d'infimes brindilles que nous avons construit, sans hâte, puis à laisser les flammes nous consumer. Ainsi seulement pourrons-nous renaître de nos cendres. Nous en serons métamorphosés, et chacune de ces renaissances nous apprendra un peu plus la maîtrise du feu.

Comme le phénix ne se reproduit que par sa mort, de l'anéantissement surgit ce qui constituera de nouvelles fondations. Acceptant l'un, je reçois l'autre. Un sillon de la spirale porte la mémoire des autres. Car dans ce qui passe, il y a toujours ce qui reste. Il y a toujours cette mémoire que conserve le cœur du passage de la beauté, ces empreintes que laisse l'amour dans chaque pièce de la maison. Et à partir de ces traces, modifiées, même transfigurées, je pourrai reconstruire. Simplement, cette lumière ne vient qu'au bout de l'ombre.

Consentir au feu

Table rase de ce que je sais de moi-même.

J'ouvre les yeux, je me tourne vers le hublot. Jusqu'où pouvons-nous aller sans atteindre le rivage obscur, jusqu'où, sans être avalés par la lumière ?

Partagerait-on la quête de ces alpinistes qui gravissent des montagnes et tentent de rejoindre la cime inatteignable ? Leurs pieds se fraient un chemin vers le haut, et tout leur être est irrésistiblement tiré telle une flamme vers ce sommet qui pourtant n'est pour eux ni une destination ni un point d'arrivée. Car ils chercheront encore plus haut ce qu'ils n'auront pas trouvé au sommet précédent.

Je baisse la tête, je retrouve ainsi la mesure de cette Terre sur laquelle on navigue ou que l'on piétine, qui pourrait être le fond du ciel ou le milieu du cosmos, et qui nous rappelle d'abord combien notre tâche est d'*habiter,* de presser notre corps contre le sol et de tendre l'âme vers une crête certes invisible mais que pointe déjà ce monde visible qui en est le porteur.

Vue d'ici, la mer ressemble à un mandala sans bornes dont les formes et les couleurs ne figurent rien que je puisse distinguer. Je regarde encore et, cette fois, je reconnais un chapelet d'îles qui semble égrener des solitudes et rappelle en même temps combien chaque fragment est intrinsèquement lié à tous les autres. L'image se défait et se recompose devant mes yeux. Du bord brûlant de l'horizon, le soleil éclaire ce paysage marin, cet espace de terre et d'eau, de sable et de corail soumis aux vagues et aux vents, exposé à une lumière qui ne cesse de le transformer.

Je consens au feu. Aux ombres qu'il me révélera. J'accepte de voir ce que je suis comme je ne l'ai encore jamais fait ; la vague se fracasse contre moi et j'acquiesce à l'expérience – même éprouvante, je l'accueille – qui m'invite au recommencement.

Je me suis forgé tant de représentations de moi-même qui ont créé d'inextricables nœuds dont je dois me défaire ; j'ai écouté tour à tour la famille, les amis, la société, pour savoir ce que l'on attendait de moi. J'ai suivi la voie de l'exigence, oublié qu'*être* est le seul accomplissement qui vaille. Aujourd'hui, sans doute puis-je enfin sortir de cet antre auquel j'ai consenti des années durant, me libérer de ces images et de ces illusions si puissantes qui, croyais-je, m'assuraient de l'amour des autres.

Comment s'affranchir de ce qui n'est pas soi et ainsi rencontrer véritablement qui l'on est, *sans jugement et sans attente* – comme on le dit parfois trop banalement –, en apprenant d'abord à s'aimer en dehors des yeux des autres, puis en refusant de répondre à ce que l'on nous demande ? Car l'amour qui nous manque est le plus souvent celui que l'on ne sait donner. Et l'on s'aime du même amour que celui que l'on donne.

Certes, nous pouvons nous soustraire au feu qui nous habite, étouffer notre être dans une existence éloignée de notre chemin intérieur. Nous pouvons réprimer l'élan qui nous porte et par là refréner notre âme – « qui se cachera du feu qui ne se couche pas ?* » –, mais pouvons-nous échapper à ce feu qui nous consume pour nous révéler à nous-mêmes ?

Déjà, donc, Héraclite nous soufflait à l'oreille qu'il est impossible de se dérober au feu de ce monde, puisqu'il est l'origine aussi bien que le terme du cycle de l'univers. Entre ses mains, l'argile se transforme en or et la forêt, en un vaste désert. Toujours vivant, ce feu se renouvelle à travers d'incessantes fluctuations, crée, détruit pour aussitôt recréer, en ce mouvement fluide qui est l'essence de la vie.

Même si le vent paraît soudain plus intense que la flamme, ce qui menace le feu ne peut l'éteindre ; il restera cette poussière précieuse dont il saura encore se nourrir.

On se débat pour échapper à la brûlure de la mémoire. La blessure est là, et l'on voudrait chasser ce qui reste,

---

* Héraclite.

tout oublier pour ne garder aucune trace de la souffrance qui persiste ou de ce qui l'a engendrée. Mais si l'on détruit ce que la vie a laissé sur le chemin, si l'on rejette ce qui subsiste en soi, c'est la possibilité même de recommencer qui s'évanouit. Car n'est-ce pas de ces résidus qu'est ravivée la flamme ? N'est-ce pas dans la cendre qu'est tapi le pas suivant, contenue l'ultime leçon de la vague et de l'ouragan ?

Ce qui reste me libère de ce qui a été. Cendres légères, poussières de mémoire qui tourbillonnent et se posent soudain, touchent le centre où reparaît, nouvelle, ma route. J'ai besoin de conserver les traces de mes pas et d'intérioriser ce qui a précédé la perte, non comme un stigmate à exposer, mais pour ne jamais occulter l'absolue nécessité du chemin d'où j'arrive, la beauté des forêts denses, des falaises escarpées. Ainsi puis-je sauver le présent du passé et me préserver du regret, de la nostalgie.

Peut-être tendons-nous vers cette faille minuscule, vers cette fissure dans la spirale de nos pas qui, en même temps, referme un sillon et en ouvre un autre, crée par là un point de retournement qui fait chavirer notre vie, et tout notre être fléchit comme un arbre pour effleurer le plus bas, puis se cambre comme un oiseau pour rejoindre l'en haut. Et alors la transformation peut s'accomplir, le nouveau peut advenir.

À partir de ce qui est parfait, rien n'advient*, de telle sorte qu'il faut une faille, et ce qui l'accompagne – effritement, ruine, désolation – pour que quelque chose d'autre survienne. Et cet ébranlement est lié en nous à la vulnérabilité, à cette fragilité dont nous craignons tant la puissance destructrice, oubliant que sa nature tient essentiellement de sa force créatrice, et que seule la faille permet à la lumière de s'immiscer. La fracture est nécessaire pour qu'il y ait une mise en mouvement, et donc une transformation.

Je peux maintenant me tenir devant la montagne, voir ce que j'ai édifié jusqu'ici, alléger le bagage des ans, et même celui que l'on me destinait, avant ma naissance. La vie a commencé à défaire ce que je savais de moi-même et gardais à l'abri de mon regard.

---

* Selon l'adage *ex perfecto nihil fit*.

La vague, à son faîte, s'est brisée sur moi. Je m'y suis abandonnée, glissant jusqu'au fond de mes ombres. Ce n'était que le seuil. Car derrière la falaise, il y a la mer, il y a le ciel, et derrière les ombres, toujours, le recommencement.

Après un long virage, l'avion amorce sa descente. Je reconnais la forme sinueuse de l'île, les quais qui pointent vers le large alors que des voiliers bifurquent vers la haute mer. Peu à peu la géométrie des rues se dessine, et pendant que je retrouve ici et là des repères, l'avion, proche de l'atterrissage, chancelle avec le vent.

Je ne sais ce que la mer, ce que l'île, cette fois-ci, m'apprendront, ce qu'elles me dévoileront de ce qui m'est demeuré invisible de cet angle impénétrable sinon par le miroir que la vie nous tend, par moments, pour regarder ce que l'on a jusque-là refusé de voir en soi-même.

Je retourne dans l'île, je sais que s'y trouve mon recommencement.

Une fois réparée la fracture, une fois passés la douleur et le chagrin, le ressentiment et la culpabilité, une fois reconnues les traces et la mémoire accueillie, une fois reconstruites les assises de ma vie, j'ai besoin de l'île pour me dire la solitude, pour me dire le lien. Pour entrer dans le jardin nouveau.

Mettre le feu au bûcher

Après avoir récupéré mes bagages, je sors de l'aéroport. Je monte dans un taxi en donnant au chauffeur l'adresse de ma destination. Durant le trajet, je cherche des traces de l'ouragan. Bien sûr, ici et là, des arbres ont souffert, et certaines maisons subissent encore des réparations, mais ce n'est certes pas la dévastation à laquelle je m'attendais.

Pourtant, il me semble entendre encore le vent saturer l'espace, le sifflement à peine supportable des feuilles qui ne savent où se tourner, et la pluie, déchaînée, qui bouche la vue. Je sens encore les branches claquer contre le toit de la maison, lécher avidement les volets refermés, je revois les objets trop légers soulevés par le torrent indomptable, les rues inondées, jonchées de débris de toutes sortes, et que le sable avale peu à peu, se déversant comme la lave furieuse d'un invisible volcan.

Une quinzaine de jours auparavant, on avait entendu à la radio la première alerte. À partir de ce moment, chacun suivait de près les informations détaillant l'approche de l'ouragan, essayait de prédire sa force et surtout sa direction. Une semaine plus tard, les touristes quittaient l'île à contrecœur, puisque le soleil était radieux, pas un nuage à l'horizon ne laissait croire qu'une tempête avançait vers nous.

Nous attendions avec appréhension le passage de ce nouvel ouragan, sachant la fragilité de l'île – léger fragment de terre à peine plus élevé que la mer –, sachant aussi la vulnérabilité de nos maisons, celle des arbres, que la tempête ne s'embarrasserait pas d'épargner, et sachant finalement combien nous ne sommes que poussière devant la puissance des éléments. Au port, les marins préparaient leurs bateaux au pire, les gens tentaient de protéger leurs biens, faisaient des provisions, alors que d'autres avaient plutôt décidé de regagner le continent.

Puis, un matin, avec le jour, les vents se sont levés. En quelques heures, le ciel s'est assombri comme la nuit. La mer était démontée. Les vents sont devenus de plus en plus lourds et assourdissants. Sur la plage, des tourbillons de sable se formaient, s'élevaient comme des flammes et relâchaient brusquement leur étreinte. Durs comme du gravier, les grains venaient griffer avec violence la peau du visage, tandis qu'au loin, les bateaux des pêcheurs, tanguant vertigineusement, attendaient le dernier moment avant de regagner le port.

Ce jour-là, l'ouragan a tout renversé sur son passage. Durant des heures qui ont paru des semaines, il a frappé, mordu, saccagé, englouti ce qu'il touchait. Et quand il s'en est allé, l'île était sens dessus dessous. Il a fallu des mois pour nettoyer les détritus, arracher les branches blessées, réparer les toits abîmés, les vitres fracassées. Au milieu des décombres, chacun faisait face à ce qui était perdu, à jamais – à tout ce qu'il fallait recommencer.

Lorsque j'ai quitté l'île, cette année-là, on ignorait encore ce que la vie avait laissé sur le bûcher.

Le taxi roule depuis une quinzaine de minutes et s'arrête devant la maison blanche plutôt petite avec de nombreuses fenêtres en façade. Dans quel état sera le jardin dont je connais chaque arbre, chaque plante ?

« C'est la vie et la mort que j'ai mises devant toi [...]. Tu choisiras la vie*. » Quel brin d'herbe aura traversé la pierre, cette fois, quelle fleur pointera au bout des branches pour dire le printemps revenu ?

Je descends de la voiture, pose mes valises sur le trottoir et ouvre le portail. Les arbres ceinturent de si près la maison qu'ils semblent l'enlacer pour la protéger amoureusement. Sur la véranda où certains soirs je m'abrite de la pluie légère se trouvent la table basse et quelques fauteuils de rotin. Après avoir réglé la course, je reprends mes valises et j'entre dans la maison.

Le vestibule débouche sur la pièce principale. La cuisine, la salle à manger et le salon se partagent un vaste espace. En entrant, on voit d'abord les fenêtres qui entourent la pièce, les troncs nus des arbres qui les découpent, avec leurs feuilles larges et pleines qui frôlent les vitres. À l'intérieur, on est encore dehors, les fenêtres effacent l'idée même d'une limite.

La lumière de midi s'infiltre, si bien que la chaleur devient accablante. J'ouvre les fenêtres en continuant d'arpenter la maison.

---

* *Deutéronome.*

D'une pièce à l'autre, j'avance sur les traces de mon séjour précédent. À l'étage, une des deux chambres a été transformée en pièce de travail. Un bureau, un fauteuil et une bibliothèque se disputent l'espace réduit. Je revois les journées entières consacrées à écrire ce livre dans lequel je demandais à chaque mot de me hisser vers la lumière. Tôt le matin, je reprenais entre mes doigts le fil jamais tout à fait abandonné que me tendait l'écriture pour sortir de la caverne d'ombres. C'était au moment de la tempête, au moment où la vague m'a renversée. Alors j'ai consenti à la chute, j'ai mis le feu au bûcher…

En entrant dans la chambre, je perçois une légère odeur d'humidité. La pièce ramène en moi les images des nuits entières durant lesquelles je remuais le passé dans tous les sens, les draps froissés par l'insomnie, mes pleurs étouffés, et le silence et l'obscurité des heures qui faisaient résonner le moindre craquement.

La maison a subi des dommages durant l'ouragan, mais rien n'y paraît. De l'extérieur, on dirait un site vidé de ses vestiges. Mais chaque trace est là. Le bûcher a pris feu, je porte en moi ses cendres.

D'où vient cette faille à partir de laquelle notre vie ne peut plus être la même ? Comment en arrive-t-on à aller vers ce qui nous déchirera ? À quel moment de la vie cesse-t-on de s'accrocher à ce qu'on sait de soi-même pour aller vers ce qu'on en ignore, acceptant alors qu'il n'y ait d'autre choix devant soi que de sauter du haut de la falaise ? Et au moment de plonger dans le vide, d'allumer le bûcher, comment croire que ce qui nous donnera cette vie attendue doit d'abord nous détruire ?

Combien de vagues doivent me gifler, se fracasser sur moi avant que plient mes genoux, que mon être se fissure comme une pierre et vienne s'échouer ? Combien de désespoirs, combien de cassures ou de chutes faut-il avant que je m'abandonne enfin sans réserve à ce que je reçois d'abord comme perte et trahison, mais qui est en fait un chemin vers moi-même ?

C'est ici que je vais reprendre vie – comme les arbres que l'orage a broyés –, ici que je vais me dépouiller de ce à quoi j'ai tenu si fermement jusqu'à maintenant.

Ruptures et recommencements

La lumière a perdu de sa vivacité, le bleu du ciel s'est dilué dans les gris. Dans le jardin, l'air s'est rafraîchi et, avec le vent qui s'est apaisé, les feuilles ont cessé de frémir.

J'ai défait mes bagages, rangé mes vêtements dans la penderie. Mes livres sont classés dans la bibliothèque, j'ai posé mes carnets sur la table de travail. Je descends au jardin pour m'étendre dans le hamac.

Les oiseaux et les papillons ont cessé de voler. Sans même qu'il y ait eu de point net de rupture avec le jour, tout s'est assombri. Je ne vois maintenant dans la vitre que mon propre reflet. L'obscurité s'est immiscée par une fente imperceptible, s'est dépliée pour recouvrir chaque parcelle de clarté. Rien n'a échappé à ce mouvement vers la nuit. Comme un éboulement qu'on n'aurait pas vu venir, mais que tout ce qui le précédait aurait contribué à préparer, le jour est tombé. Peut-être est-ce ainsi que les choses changent dans nos vies, la noirceur – ou la lumière – discrètement s'introduit, et sans qu'on en perçoive le mouvement, l'une murmure à l'oreille de l'autre qu'elle la renversera bientôt, et les signes sont si infiniment petits qu'on pourrait n'en rien savoir avant qu'elle ne l'ait tout à fait transformée.

Ici, dans l'île, on célèbre chaque crépuscule. Peu avant que le jour ne commence à faiblir, les gens se rassemblent, au point le plus à l'ouest, sur une place spécialement aménagée pour les accueillir. Des acrobates, des jongleurs et des saltimbanques animent cette fête consacrée au soleil.

Dès qu'on arrive sur les lieux, les regards sont déjà tournés vers le ciel. On scrute le moindre nuage pour deviner la pureté du ciel, sa luminosité, la façon dont il sera couvert ou coloré, vif ou obscurci. Certains sont là depuis longtemps, un appareil photo en bandoulière, ils attendent avec patience le climax promis.

Le soleil nous éblouit encore et à peine effleure-t-il l'horizon que la foule devient silencieuse et tendue vers lui. Dans les minutes qui suivent, la mer, le ciel et le soleil glissent devant nos yeux le rideau de la fin du jour dans une indicible beauté. On ne se rassemble pas pour la mort mais toujours pour les survivances qu'elle contient, pour la vie qu'elle pointe – dans la douleur ou la magnificence. C'est l'insoluble mystère qu'elle expose ainsi devant nous.

Bientôt il ne reste qu'un filet de rouge sur la ligne de l'horizon qui disparaît sous une salve d'applaudissements de la foule. C'est à cette seconde que l'on guette le *rayon magique*, cette lueur d'un vert phosphorescent qui, très rarement, apparaît à l'instant même où la dernière goutte de feu vient de s'éteindre, et qui, en quelque sorte, tiendrait lieu d'étoile enchantée.

La vague ne casse qu'à son faîte. On tombe parfois de très haut pour en faire l'expérience. C'est là que j'étais, à la crête de ma vie, en ce lieu précis où l'on se dit – *c'est cela, oui sans doute cela, le bonheur, cela, la joie espérée, je les touche et les tiens enfin entre mes mains, voici atteint le sommet de la montagne.* Et l'on retient son souffle. Et l'on referme la main sur ce bonheur tant attendu, on y ancre tout son être, et le reste ne compte plus dans la balance des jours, il n'y a que cet amour qui devient notre vie entière.

Mais à peine prononce-t-on ces mots qu'une faille se produit. L'air s'infiltre par la fenêtre, les fondations se craquellent et l'eau pénètre dans la maison. On perçoit alors ce qui s'apparente à un vide à l'intérieur de soi, et même le sens de notre vie semble faillir. On ose à peine tourner la tête et regarder cette fissure, mais elle est là, on le sait désormais, et elle recèle la souffrance qui nous emprisonne.

Un matin, j'ai ouvert les yeux et tout était figé dans une obscurité venue avaler ce qui m'entourait. Les arbres avaient cessé de s'ébrouer, et jusqu'aux couleurs qui s'étaient effacées. Dans le jardin, la vie qui, la veille encore, bruissait avec ferveur, avait été soudainement recouverte. Il ne restait qu'un vent sec et glacial qui brûlait à mesure ce qu'il touchait. Pourtant je croyais avoir mis à l'abri l'essentiel – fleurs et fruits, marées d'amour et de mots –, mais en quelques heures la tempête a arraché les troncs solidement enracinés, balayé les branches, rasé le jardin et détruit la maison. Il me faudrait désobstruer, renoncer, me dessaisir, recréer un passage jusqu'à l'aube.

Jusque-là, les hivers avaient été brefs. J'entrais maintenant dans cette saison qui demande de labourer la terre que l'on est pour soi-même, de cesser de se heurter au changement et de lutter contre la nature même de la vie, cette impermanence des choses dont on souffre tant que l'on refuse d'y consentir. J'allais traverser cet hiver qui dépouille, qui dépose en nous un vif silence et invite à acquiescer sereinement à cette roue dans laquelle naissance, chute, illusion, mort, douleur, maladie, vieillesse, doute se fondent, élaborent un mandala dont il faut s'éloigner pour voir enfin la figure ainsi conçue.

Au bout de cette nuit, il y aurait un recommencement. La noirceur dans laquelle j'étais plongée ne laissait deviner aucune brèche, mais je ne doutais pas de ce renouveau qui est le visage véritable de la chute.

L'ultime connaissance

Ma mère avait quitté ce monde. On n'oublie sans doute jamais le moment où l'on se retrouve soudain face à sa vie, l'instant précis où vient de s'en aller le premier de nos parents, emportant avec lui cette part essentielle de notre histoire dont il était l'unique témoin. Et son départ nous laisse à la fois désemparé et vertigineusement libre.

Jusque-là, on vivait *sous le toit* de nos parents, on était enfant et on allait le rester *pour toujours*. Lorsqu'on se retrouvait à la table familiale, on reprenait la même place, à gauche de notre frère ou de notre sœur, à droite de notre mère et, chaque fois, face au père. Peu importe la suite de l'histoire, ce commencement demeure intact.

On ne peut imaginer la sensation fulgurante du toit arraché sous la force du vent, de la table renversée, des chaises cassées. On ne peut même concevoir qu'un jour on devra renoncer à l'enfant qu'on est encore devant ses parents.

Un moment viendra où nous voudrons téléphoner à notre mère, à notre père, et nous aurons oublié qu'ils ne sont plus là, que la maison est vide, que les témoins de nos premiers pas n'existent plus. Nous voudrons aller manger avec eux ou faire une promenade, mais celle qui a reçu notre premier mot, celui qui a donné la première leçon ne sera plus. La vie aura soufflé. Et nous ne savons rien de cette expérience avant qu'elle n'entre brusquement en nous et ne renverse l'enfant que jusque-là nous avons été.

En m'offrant d'accompagner sa mort, ma mère m'avait initiée à une part de la vie autrement inaccessible. Et elle me *donnait la vie* de nouveau, une vie d'adulte cette fois, libre du témoin de ses heures. Le temps qui a passé m'a révélé la profondeur de la liberté qui, à ce moment précis, m'a été accordée, et que j'ai apprivoisée peu à peu, en même temps que le vertige venu avec la rupture des amarres qui me reliaient à ce quai qu'est notre mère, qu'est notre père.

Que reste-t-il quand la vie reprend ce qu'elle nous avait donné, quand ce qui était si précieux nous est enlevé ?

Quand la vie se fracture et que la mort, quel que soit son visage, nous rejoint, nous sommes instantanément dépouillés de tout ce dont, sans le savoir, nous n'avions nul besoin, et nous est révélé ce à quoi nous sommes véritablement liés. Nos désirs sans bornes, nos succès, notre *ego* vorace, les peurs, les manques qui nous rongent, les tourments qui nous assaillent, nos biens, nos connaissances ; rien de ce qui paraissait indispensable à notre existence – et qui l'a portée, nourrie, parfois même comblée – rien de cela ne résiste à l'approche de la mort. Lorsqu'elle touche notre vie, c'est pour en révéler le tronc. En manifester l'essence et la vérité. Le dénuement permet de ne conserver avec soi que ce qui tient à la beauté.

Dans cette chambre où la vie venait de se fondre dans la mort, je ne tenais qu'à quelques visages aimés, à la splendeur lumineuse que déployait l'horizon, alors même que se refermait celui de ma mère, je ne tenais qu'à si peu, entre ces murs blancs où soufflait le divin et où, comme jamais auparavant, je me savais unie à l'univers, et sentais déjà la vie qui en moi entamait un autre cycle.

Les moments charnières de nos vies nous apprennent – ou nous rappellent – que la finalité humaine n'est liée ni à une quelconque réussite ni à l'accumulation d'activités ou de biens matériels.

Dans cette chambre où une lame venait de déferler, j'ai compris que *réussir sa vie* est intimement lié à *réussir sa mort*. Aucun bien, quelques actions, tout notre être, voilà ce avec quoi l'on meurt. Et si l'on pouvait, au dernier moment, regarder sans regret derrière soi, étreindre avec une égale gratitude la vague qui nous a broyé et celle qui nous a soulevé vers de majestueux sommets, si l'on pouvait voir enfin le miracle renouvelé du *don* prodigué par la vie et reconnaître combien celle-ci est infailliblement juste et bonne dans ce vertigineux mystère qui nous déborde, oui, ce serait cela, *réussir sa mort,* et cela, réussir sa vie. Car on n'emporte avec soi rien de ce que l'on a possédé, très peu de ce que l'on a fait, mais tout ce que l'on a été.

La mort ne laisse rien d'autre sur son chemin que l'amour, la grâce et la gratitude. Elle éclaire les instants où quelque chose de bon ou de vrai s'est passé dans notre vie. Le reste, tout le reste, elle l'engloutit sauvagement. La mort pointe vers le plein, vers cet instant où ne subsiste que le meilleur : cette offrande absolue de la vie à laquelle il nous est demandé d'acquiescer sans résistance, jusqu'à nous fondre dans le mouvement fluide et cyclique qui efface l'individuel et ne laisse que cette universalité – ou spiritualité – qui unit chaque être à toute forme de vie.

Seule importe donc la capacité que l'on acquiert d'embrasser ce flot ininterrompu qui tantôt nous porte vers la cime, tantôt nous projette violemment sur le rivage, de consentir au mouvement inéluctable qui nous libère et nous apprend la maîtrise de notre vie.

L'*accomplissement de soi* tient à la réalisation d'une *tâche cosmique* – ou d'un *dharma*, selon l'une des nombreuses définitions de ce terme – qui nous est propre et constitue l'expression de notre être et de notre présence au monde à travers nos actions. En ce sens, on peut sans doute envisager la mort comme la continuation de ce *dharma*, et même son achèvement.

Mourir est la chose la plus difficile qui soit. C'est à la fois l'ultime expérience et l'ultime connaissance. C'est le point initial du recommencement, le chas de l'aiguille par où la vie s'en retourne et renouvelle totalement la spirale.

Mais on ne veut pas davantage de la mort que de la vieillesse. On court devant soi pour ne pas être rattrapé par l'une, ne pas être touché par l'autre. Déjà les mots *mourir* et *vieillir* nous horripilent. On est prêt à tout pour dissimuler leur réalité ou la maquiller. On détourne la tête, on veut la vie, juste la vie, on veut la force de ce que nous apporte la jeunesse, mais surtout pas ce que l'âge nous soutirera, ce que la mort nous arrachera.

Au moment ultime, elle pourrait nous révéler que la maison dans laquelle nous vivions est infiniment plus vaste que nous l'avions cru, et qu'en fait nous n'aurons vécu que dans une ou deux de ses pièces alors qu'elle en comptait des dizaines.

La seule pensée de notre mort constitue l'invitation la plus pressante à vivre. Elle peut en effet nous pousser à ne jamais nous contenter de rester à la surface ou en périphérie de l'existence et nous donner l'élan nécessaire pour habiter pleinement le monde. La mort invite à rejoindre sans délai la vie même, à travers son éblouissant mystère.

Derrière la réalité à laquelle nous donnent accès nos sens immédiats, combien de fois nous arrive-t-il de percevoir ce qui les déborde et célèbre la présence de l'invisible au cœur du visible, d'entrevoir un espace indéfini qui pourrait ouvrir sur tant d'autres possibilités que celles auxquelles nous nous bornons, souvent volontairement, de crainte d'être conduits en dehors de ce que nous connaissons de nous-mêmes et du réel ?

La mort est la condition parfaite pour faire de nous des archéologues de l'absolu. Elle nous apprend que la finalité de l'arbre est cet instant même où s'y pose un oiseau, et la grâce de l'un n'a d'égale que la gratitude de l'autre. Elle nous dit que nous sommes là pour la joie d'exister, le plus pleinement possible, non pas en accumulant mais en nous dépouillant de ce qui encombre notre chemin ou entrave notre joie.

La minute qui a suivi le dernier souffle de ma mère ne cesse de raviver la gratitude que j'ai alors éprouvée pour le don absolu de la vie; elle me préserve d'oublier combien cette offrande est aussi gratuite que précieuse, elle demande à ce que je l'embrasse pleinement, sans attendre pour cela d'être plongée dans l'obscurité.

Au moment où le cœur de ma mère s'est arrêté, à la table familiale une chaise s'est renversée. À ma droite, il n'y avait plus personne. De force, j'étais libérée de l'enfant qui restait attachée à sa place.

Le *devenir soi*, soudain, se transformait, se précisait. Il s'agissait désormais d'accéder à l'état d'adulte, d'exister totalement pour moi-même, et ce recommencement, le point de rupture qu'était la mort de ma mère ne faisait que l'amorcer.

Fenêtres de l'amour

Dans le jardin, les papillons virevoltent. Ils s'agitent au-dessus des plantes, leurs ailes frémissantes tracent des mouvements erratiques, puis ils se posent sur le jasmin en fleurs, y restent à peine quelques secondes, le temps de puiser le nectar, et ils reprennent aussitôt leur vol.

Dans la hâte de retrouver la beauté de ce qui, depuis l'ouragan, a repris vie, je me suis levée à l'aube. J'ai pris mon petit déjeuner sur la terrasse, au milieu de ce monde plein et fragile qui m'enveloppe de sa joie d'exister, qui n'a d'autre but que d'être simplement et totalement ce qu'il est et de participer par sa seule présence au mouvement ininterrompu du vivant.

Un jour, la vie nous apprend la plus précieuse des leçons : tout change. Et ce qui n'a pas encore changé va se transformer, inéluctablement. « L'origine de l'existence est le mouvement*. » Lutter contre l'essence même de la vie et vouloir retenir ce qui, par nature, ne fait que passer, ne peut que créer des occasions de ressentir douloureusement la perte et le deuil, et engendrer en nous de la souffrance. Tout ce que nous aimons, un jour ne sera plus. Sur le chemin, il restera cependant cet amour qui continue de nous habiter, au-delà de l'absence, au-delà de la souffrance.

Mais comment consentir à l'éphémère en embrassant totalement ce qui est là, dans nos mains, et déjà en train de se métamorphoser en s'écoulant ? Parfois la vie nous enseigne durement ce qu'elle nous a longtemps murmuré à l'oreille. Mais parfois aussi, nous entendons un chuchotement et notre âme reconnaît cette voix qui nous guide et nous demande d'épouser l'océan, de laisser les grands vents nous étreindre et, comme les glaces d'un fleuve qui se rompent, nous emporter avec eux, plus loin en nous-mêmes.

Comme en une danse, comme en une musique, peut-être s'agit-il d'entrer en résonance avec notre propre

* Ibn Arabî.

fluidité, avec la nature de notre souffle, de notre sang, de chaque cellule de notre corps, de nous relier intimement au flot de notre esprit, au torrent de nos émotions ; peut-être s'agit-il d'acquiescer sans réserve à ce mouvement de vie composé d'ondes et de houle, de frémissements, d'oscillations, de marées et de remous. Comme vole le papillon, comme chantonne l'oiseau dans le jardin, peut-être s'agit-il de nous abandonner au courant incessant de notre être – qui nous en apprend la maîtrise – pour que surgisse cet accord serein, apaisé, avec la pulsation du vivant.

Je revois ma mère qui doit s'empresser de boucler les bagages d'une vie car, pour cela, elle n'a devant elle que quelques poussières de temps. Je commence sans doute seulement à apprivoiser ce que sa mort a fait basculer en moi, et d'abord cette *liberté* nouvelle, comme si, avec sa mort, m'avait été donnée la permission d'être, totalement.

Le seul témoin de ma vie entière n'est plus. Je revois ma détresse lorsqu'elle m'a annoncé qu'elle était gravement malade et ne souhaitait pas résister à sa mort proche mais au contraire prendre le temps qui lui restait pour refermer les portes demeurées ouvertes, clore son chemin et consentir à ce mouvement irréversible. Nous sommes seul à savoir si notre lutte est résistance ou au contraire abandon, et si le mouvement de la vie nous demande de suivre la voie de l'un ou de l'autre.

Apprenant l'imminence de la mort de ma mère, je me suis débattue avec le vide qui s'est alors brutalement jeté sur moi, j'ai refusé que finisse ce que nous avions partagé. Je voulais tout ramener des moments qui nous avaient liées, elle et moi : chaque âge de ma vie au creux de son amour, nos étreintes trop rapides, nos rires, ses tourbillons de gestes et de paroles, même sa solitude et ses tourments, même ses peurs et son désespoir violent.

Quelques semaines avant la fin, j'ai tourné une vidéo dans ma maison et je la lui ai apportée. J'avais capté des images de chacune des pièces. Je lui montrais les objets qu'elle n'avait pas vus lors de sa dernière visite chez moi, je l'emmenais aussi en forêt, puis au bord du lac agité de juillet, lui présentais le rosier que nous avions planté ensemble. Cet été-là, il n'avait donné que trois roses, comme s'il savait déjà qu'à la fin de la saison ma mère nous aurait laissés, mon père, ma sœur et moi, au milieu de ce jardin aux trois roses.

En arrivant dans sa chambre, j'ai mis la vidéo dans le lecteur. Ma mère a d'abord souri en me suivant dans la maison, puis des larmes se sont mises à couler sur ses joues et j'ai alors regretté de lui imposer ma souffrance et ma détresse, de lui exprimer ainsi combien je me cramponnais à ce monde éphémère qu'elle allait bientôt quitter, et duquel elle semblait se détacher sans peine. Ce n'était pas seulement *son enfant pour toujours* qui lui montrait la maison, le lac, le jardin de roses, mais surtout un enfant dont le regard de l'Autre fait exister son univers. Lorsque la vidéo s'est arrêtée, je l'ai retirée du lecteur et suis allée m'asseoir près de ma mère sur le lit. Je suis restée là, à ses côtés. Nous n'avons rien dit. Loin déjà sur son chemin, sans le savoir, elle m'apprenait à consentir au périssable.

Semaine après semaine, à mesure que je me dépouillais de ce qui entravait l'amour que je ressentais pour elle, alors que ma mère achevait le cycle de sa vie, je constatais que ma souffrance s'apaisait en même temps que je glissais vers cet amour purifié, dénudé de toute *personnalité*, libéré de ce *moi* qui empêche d'accéder à *soi*, un amour qui se défait des milliers de manques et de blessures qui forment des nœuds et nous éloignent de ce que nous sommes véritablement.

Rien d'autre, aucun désir ou regret, aucun ressentiment, il n'y avait qu'une seule voie, mon amour pour elle. Un amour soudain détaché de la relation que nous avions, qui ne dépend de rien et protège de tout – un amour qui, comme une lumière, ne cesse d'être là, même s'il n'y a personne dans la pièce qu'elle éclaire. Seul cet amour permet d'éprouver devant la mort un sentiment d'union duquel naît une sérénité absolue.

À travers ces moments, la vie m'avait donné l'occasion de laisser l'amour s'éveiller et grandir en dehors de la peur. Elle m'avait permis de voir combien mes réactions étaient programmées par la crainte de perdre, alors que l'amour véritable ne peut se développer qu'à partir du détachement qui nous en libère. Car *tenir* à l'Autre, s'y *attacher,* c'est créer un lien qui s'appuie sur des attentes plutôt que sur l'amour même. C'est se rendre *dépendant* de la réponse qui sera donnée à ces attentes. Aller vers l'avant, c'est parfois abandonner une part de sa vie qui n'est plus vivante, laisser derrière soi un visage, un lieu, et se retrouver nu et libre, libre enfin d'aller vers soi-même.

Imagine-t-on ramer sans larguer les amarres ? C'est pourtant ainsi que la peur agit dans nos vies. Elle nous maintient solidement amarrés au port, et il nous est alors impossible de rejoindre le large, de faire l'expérience de la mer, l'expérience de l'amour, d'un amour *détaché des fruits,* de tout ce qui, *en retour,* pourra venir.

C'est peut-être la pensée bouddhiste qui définit de la manière la plus précise cet *attachement* qui nous limite et nous conditionne, de telle sorte que l'amour, plutôt que d'être un état d'ouverture à l'Autre, devient un sentiment tributaire de la façon dont il comblera nos besoins. Ainsi l'attachement peut-il nous amener à projeter sur l'Autre des qualités qu'il n'a pas ou à exagérer celles qu'il a, et à lui donner la capacité de nous rendre ou non heureux. Le bouddhisme insiste pour dire que l'attachement est l'un des états les plus susceptibles d'engendrer la souffrance. Il concerne l'amour, bien sûr, mais on peut également souffrir de l'attachement à des attitudes, à des comportements qui nous sont nocifs, ou même à des biens matériels, quoique nul vœu de pauvreté ne soit nécessaire puisqu'on peut posséder tous les biens sans y être attaché d'aucune manière, et ne posséder que peu de biens mais y être férocement attaché.

L'attachement longe l'amour, il peut à tout moment s'y immiscer pour le limiter, le priver de sa véritable nature qui est de nous restituer, intacte, notre liberté, et d'abord celle d'être soi.

Au moment de la mort de ma mère, j'ai éprouvé cet amour sans attache, cet amour qui ouvre vers l'Autre, le rejoint, que ne sous-tend nul besoin, nulle attente –

simplement, l'amour devient le don du meilleur de soi, et dès lors il s'agit de *servir* cet amour que l'on éprouve, librement.

J'avais cessé de résister. Plutôt que de me battre contre la situation, d'essayer de dominer les événements et de me maintenir ainsi, déchirée, dans la souffrance de la séparation, j'étais unie à ce moment essentiel, je me suis sentie absolument unie à ce mouvement intime de l'univers qui fait de la vie et de la mort une seule vérité, une seule *réalité*.

Surtout, j'éprouvais combien la vie tend, à chaque instant, à créer un tel état d'union. Alors que nous nous laissons heurter par la dualité, que nous luttons vainement, la vie nous invite à communier avec toutes choses, dans l'évidence de leur présence, à nous *accorder* au mystère de ce que nous ne pourrons jamais saisir, ni avec nos sens ni avec nos instruments de mesure, si perfectionnés soient-ils. Car nous ne pourrons jamais appréhender la totalité de ce monde que nous appelons *réel*, et encore moins ce qui, imperceptiblement, le prolonge. Mais nous pouvons nous projeter dans une connaissance intérieure de l'énigme de l'univers et de notre présence, sachant que l'ombre en nous n'est pas que notre propre obscurité mais aussi l'ignorance même de ce que nous sommes véritablement.

Peut-être ma vie tend-elle vers un carrefour où les lignes de mes pas se rejoignent et se retournent pour engendrer le recommencement. Et j'ai le choix de risquer ou non ce moment, de m'y accorder ou non. Mais l'essentiel de toute vie tient peut-être à ces points de basculement où elle pliera comme une branche pour frôler le plus bas, puis se redressera comme un aigle pour toucher le plus haut, où l'oiseau cesse de battre des ailes et se laisse porter par l'évidence des courants.

Au faîte de la vague

Dans le jardin qui a été dévasté, les arbres ont refait leurs branches, les feuilles sont larges, vigoureuses, d'un vert intense. Pleinement déployées, elles projettent leur ombre sur la terrasse. Les plantes ont retrouvé leur ampleur, de nouveau elles couvrent le sol, tendues vers la lumière qui les abreuve.

Dans l'île, tout vient d'ailleurs. On ne produit ici que quelques fruits et légumes et, sauf bien sûr pour les poissons, on importe l'essentiel des denrées du continent ou de l'étranger. Avec un aéroport vieillot, réduit à deux ou trois courtes pistes, et avec la route à une seule voie qui relie les îles de l'archipel, on imagine sans peine la fragilité de cet approvisionnement qu'un rien peut perturber ou compromettre. Malgré cela, les insulaires se sentent ici en sécurité et se soucient d'abord des ouragans, leur principale menace.

On ne trouve à peu près personne qui soit né dans l'île. La plupart des habitants viennent de l'étranger. Un jour, le plus souvent après avoir perdu pied, après avoir été renversés par une vague qui n'a laissé en eux qu'un paysage dévasté, ils sont venus dans cette île d'ailleurs et de fragilités, en consentant alors à tout recommencer. Et ils ont reconstruit leur vie, avec pour seul bagage ce qui, sur le bûcher, brûlait encore. Maison, famille, travail et amis : leur vie entière, comme une pendule, remise à zéro.

À l'image des habitants de l'île, sauf pour de rares exceptions, ni les arbres ni les plantes ne sont originaires d'ici. Apportés d'Argentine, de Madagascar, d'Afrique, de Mélanésie ou du Timor oriental, avec le temps ils ont composé une végétation tropicale qui pourrait sembler hétéroclite, mais qui crée plutôt des jardins d'une beauté singulière et fascinante. Aussitôt que l'ouragan la broie, la flore se renouvelle, féconde en son perpétuel mouvement cyclique, elle entre dans le recommencement.

Je porte en moi la connaissance de la vague, de la tempête qui casse et noie, emporte et disperse ce qui était sans racines. Quelques années après l'orage, je sais désormais d'où vient le vent, et que la blessure peut être non plus ce qui bouche la vue mais la fenêtre même.

Un jour on rencontre un être avec qui l'on entre dans le ciel de la vie. On construit une maison qui surplombe les eaux, on la croit à l'abri des intempéries. Notre vie entière tourne autour de cet amour qui se suffit à lui-même. Heure après heure, on avance sur un chemin qui semble infini. On demande tout à cet amour. Et il nous le donne. Notre attente ultime, se dit-on, est comblée.

On aime comme jamais on a aimé, on est prêt à tout pour cet amour qui répand son pollen dans chaque veine de notre vie. Il en devient le miel, le lait, le sang. On ne fait qu'un avec cet être, on prononce les mots *toujours* et *jamais,* et la puissance de ce lien semble ouvrir devant soi un monde de possibles. Ce qui précédait cet amour ne l'aura que préparé, croit-on, et comme on l'a espéré, l'amour tient enfin sa promesse.

Mais alors même que l'on est au faîte de cet amour, on sent une faille qui surgit. On voudrait ne pas la voir, ne pas l'entendre qui chuchote à notre oreille. On fixe l'horizon qu'offre ce plateau de bonheur où l'on peut se reposer. Mais la peur continue d'approcher. Perdre cet être. Perdre ce fragment de notre vie qui en est devenu la totalité, et que s'éteigne le feu des jours.

On fait tout pour ne pas prêter attention à ce qui, en nous, commence à nommer la brèche. Car on est là où l'on a toujours voulu être, et l'on contemple le paysage qu'est devenue notre vie : chaque chose parfaitement emboîtée dans une autre, on croit le mandala achevé.

Mais nous voilà enserré dans un amour qui nous promettait la vie et nous a plutôt éloigné peu à peu de nous-même, enveloppé d'un brouillard de plus en plus lourd. On dépend de cet être qui dépend de nous. On se croit heureux, on se le dit, pourtant on ne cesse de ressentir un manque, là où rien ne devrait manquer. Le lien se tend, se transforme en une corde qui s'emmêle et bientôt crée des nœuds. On est attaché, on va d'une peur à une autre avec, au centre, celle de perdre. Immense, vertigineuse. Insoutenable.

Et un jour, on sait. On doit prendre le risque de sa propre vie.

On demande que casse la vague.

On demande d'être redonné à soi-même.

On demande cela même qui nous révélera, nous imposera de renaître.

Et la vague, ainsi à son faîte, se brise sur soi.

La vie ne fait jamais que tendre l'oreille. Elle reçoit comme un dieu nos prières, et d'autant plus lorsque nous sommes vulnérables, comme nous le rappelle l'étymologie latine du mot *prière (precaria)*. J'ai demandé d'être libérée de ce qui m'entravait, demandé une autre vie, un autre commencement, et j'étais prête à tout perdre. Tout, sauf l'être aimé. La réponse est trop douloureuse.

Lorsque nous est arraché ce qui, jusque-là, était le plus précieux de notre existence, il est difficile de garder foi en la vie, de croire que ce qui, comme à Job, nous a été enlevé nous sera redonné, et que le salut passe par la perte.

Je ne faisais qu'un avec cet être, et me voici totalement brûlée. Je suis seule face à cette marée d'obscurité prête à m'ensevelir. Et je ne veux pas de ce saut dans le vide que la vie m'impose, pas de cette mort pourtant nécessaire au recommencement.

La souffrance est alors si intense que nous refusons ce que nous avons tant désiré. Nous jetons au loin la semence que la vie a déposée entre nos mains et, avec elle, tout notre passé ravagé. On ne veut pas quitter ces haillons auxquels on est farouchement attaché, pas affronter le dragon qui se tient à l'entrée du chemin qui s'ouvre ; on ne veut pas même du renouveau que recèle cette souffrance.

On veut que surgisse au plus tôt l'autre rive pour y poser le pied. On veut à tout prix recréer l'amour, retrouver ce qui, croyait-on, tenait le sens entre ses mains.

Alors on va dans une autre maison, on entre dans un autre amour. On y respire plus difficilement encore.

Au milieu d'un vaste labyrinthe, on se heurte à ce qu'on ne voulait voir, à ces ombres qu'on ne pouvait jusque-là visiter. Car on ne peut échapper au noyau vers lequel on gravite ; il n'y a jamais d'errance, jamais d'égarement, nos pas nous mènent invariablement vers le centre, et, quel que soit le tracé de notre vol, il est notre chemin.

Comme toutes choses, si l'on ne sait lire ses infléchissements, c'est à notre insu que l'amour se modifie, se transforme parfois jusqu'à chavirer et devenir devant soi un visage méconnaissable. L'arc sous lequel nous vivions vient de s'effondrer.

On était papillon, on est entré dans l'*amour-fusion* et l'on est devenu chenille, puis peu à peu cocon, enroulé dans le regard de l'Autre, cet *amour-aveugle* qui devient absolu, tour à tour poison et antidote de lui-même, cet *amour-totalitaire* où l'on ne se voit plus que par le chas de son aiguille, et le monde s'efface en même temps, s'abîme dans le néant, cet *amour-vénéneux* nous prive du plus petit sous prétexte de nous offrir le plus grand. Et bientôt on se retrouve à naviguer dans une barque minuscule au milieu d'un océan déchaîné.

Luttes et périls

Notre façon d'aimer prend sa source dans l'enfance, à travers la satisfaction ou non de nos besoins fondamentaux et par les expériences émotionnelles déterminantes que nous y faisons. Éden ou affres, c'est là où se creusent nos blessures, où s'édifie notre première vision de l'amour et du lien. Notre père, notre mère, et même nos frères et sœurs agencent la table familiale, disposent les places. Ainsi s'établit ce à partir de quoi – ou contre quoi – on s'est construit et, très souvent, ce dont on aura à se défaire afin de devenir pour soi-même sa propre maison. Et tant que nous n'avons pas revisité cette fondation, nous demeurons sans doute en périphérie de notre être.

Il est plus d'une heure du matin. Mes parents, ma sœur et moi sommes dans la voiture, en route pour aller chez ma tante. Dans cet espace dont je suis prisonnière, c'est la guerre. Les mots, les phrases, bientôt les cris, et la voiture est bondée. Nous venons de sortir de l'église où a été célébrée la messe de minuit, et voilà que la guerre reprend, comme si rien ne s'était dit, comme si même cette ultime Parole d'amour et de communion n'était pas entrée dans le cœur de ma mère, dans le cœur de mon père. Rien ne pourra donc les unir, pas même mes tentatives répétées pour que s'arrête la bataille. Déjà, debout sur un tabouret, du haut de mes quatre ans, je les convoquais au salon et demandais de baisser les bras, de rendre les armes, de ramener les mots lancés par-dessus bord. Ensemble durant plus de cinquante ans, mes parents n'ont peut-être jamais été que séparés.

Au cours du réveillon, après la messe de Noël, la tension entre eux restait palpable. Plus loin, un homme se tenait à l'écart. Cet homme, mon grand-père, était séparé de ma grand-mère depuis des dizaines d'années et on l'invitait au réveillon un peu comme un mendiant à la table interdite.

À la maison, la guerre perdurait. Rien en moi ne voulait adhérer à ce que je voyais : entrer en relation, c'était donc cela. Mettre sa vie en péril, lutter, à chaque instant, combattre parce que chacun veut avaler l'autre. Il faut savoir se défendre, coûte que coûte, pour survivre à l'ultime danger, celui de perdre sa vie, dissoute dans celle de l'autre.

Je découvrais le duel comme moyen de survivre. Et d'aimer.

Alors, le soir, enfouie sous mes draps, à l'abri de tout péril, je pressais contre moi une statuette de la Vierge qui s'illuminait dans le noir, je la serrais en priant pour que personne ne meure durant la nuit et que nous soyons encore quatre autour de la table familiale au petit déjeuner, même si la guerre continuait, pour un oui ou pour un non, à propos d'un geste anodin, d'une parole ou d'une situation banales – à propos de l'une de ces innombrables choses inoffensives et minuscules de nos vies, ces petits riens que j'apprenais ainsi à détester.

Loin d'être l'expérience d'union à laquelle j'aspirais, l'existence humaine était au contraire vouée au combat, ainsi que mon père et ma mère, sans le savoir, me l'enseignaient. *Dans la vie, il faut lutter*, me disait ma mère. *Il ne faut jamais abandonner*, me disait mon père. Alors jamais je ne renonçais. Je ne voulais ni de mes limites ni de celles que l'on cherchait à m'imposer.

J'épousais la quête de ma mère pour un amour idéal et inéluctablement absent. D'un manque à un autre, d'une insatisfaction à une autre, le feu brûlait à mesure mes pas. Je ne sacrifiais aucune de mes soifs, et jamais je ne parvenais à les assouvir.

La vie, me disait-on, nous mettait constamment en péril. Il fallait donc essayer de nous rendre au bout de cette épreuve en évitant le mieux possible tout ce qui pourrait nous menacer. Dans son amour infiltré par la peur, ma mère cherchait à me mettre à l'abri, à parer au moindre danger. Elle me répétait combien le monde était rempli de pièges et d'écueils. Il y avait tant de risques à simplement exister, comment pouvait-on survivre sa vie durant en évitant le pire – accidents, maladies, vols ou tempêtes ? Et comment se soustraire aux mensonges, trahisons, tromperies et autres blessures d'amour et de guerre ?

Je rêvais de bombes tombées du ciel que j'attrapais *in extremis* entre mes mains. Chaque nuit je protégeais notre maison et sauvais ainsi ma famille de la destruction.

La force de la quête est un feu qui éclaire sans consumer. Mais je ne voyais pas la ligne à partir de laquelle ce qui illumine embrasera. Je ne faisais qu'affronter, sous différents visages, les peurs, les manques, l'absence, l'obscurité, opposant ainsi à la vie une inébranlable résistance. Où que j'aille, je me heurtais. Une tension surgissait, un mur se dressait soudain ; toujours quelque chose engendrait le conflit. Ou bien il n'y avait rien et c'était cette absence même que j'affrontais alors.

Mon être entier se maintenait ainsi dans une tension permanente. Même pour creuser en moi, même pour ce travail intérieur qui, plus que tout autre, demande ouverture et bienveillance, ma ferveur se transformait en combat. L'exigence était mon maître et l'insatisfaction, mon dû. Je me confrontais aux autres, mais d'abord à cette autorité que j'étais devenue pour moi-même. Et bien que jamais je n'eusse encore entrevu autour de moi le meilleur de l'amour, j'en espérais tout.

Déchirée devant la dualité qui surgissait, j'ai cherché des chemins de réconciliation, notamment à travers la littérature et la philosophie. J'ai choisi les mots pour creuser, racler le sol durci sur lequel je marchais. Je me sentais séparée de chaque chose, mais je savais que notre origine, aussi bien que notre finalité, est l'union, cette communion avec le cosmos qui n'exprime que la joie d'être vivant. Aucune cible, aucun but à atteindre, la vie est ce qui se donne. La présence est le chemin.

La montagne était là, devant moi, menaçante, inaccessible. Je ne pouvais m'en approcher, croyais-je, sans me mettre en péril. Je *voyais* la montagne.

Et secrètement je demandais que se brise la vague.

La clairière de l'être

Qing Deng, maître de la dynastie des Song, a ainsi formulé les trois étapes de la perception et de la connaissance :

Voir la montagne

Ne plus voir la montagne

Re-voir la montagne.

De nombreux commentaires ont éclairé ce processus initiatique que l'on retrouve, exprimé de différentes manières, au centre de plusieurs visions mythiques de la création de l'univers.

L'étape initiale, *voir la montagne,* réside en un état banal dans lequel nous sommes devant *la montagne* – symbole de soi, de l'Autre ou du monde – qui s'offre à nous dans sa présence extérieure. Ici, l'être demeure à la surface de lui-même et du monde, il voit la montagne tout en étant séparé d'elle.

La première étape de la perception et de la connaissance consiste donc à être. En sanskrit, *naître* fait partie des nombreuses significations du mot être. On peut donc présumer que le lieu de fondation de ce premier *voir* se trouve dans l'enfance, et qu'il s'agit donc essentiellement de *venir au monde,* de se tenir face à soi-même, ou face à l'Autre – sujet ou objet –, sans questionner cette présence ou chercher à s'y relier d'une quelconque façon.

C'est là l'expérience même de la séparation, si présente dans nos vies sous diverses formes. L'Autre est devant soi, on se sent séparé de lui, étranger à ce qu'il est, et cette altérité génère une tension inéluctable. Avec l'émergence de cette dualité viennent l'opposition, la comparaison, la réaction, la possession – ces multiples figures du *rejet* de l'Autre, que sous-tend un *refus* de sa différence fondamentale.

Ainsi récuse-t-on non seulement ce qu'il dévoile de lui, mais aussi ce qu'il tente de nous révéler de nous-même. On refuse qu'il ne nous appartienne pas, qu'il ne soit d'aucune façon la source ou le prolongement de notre être, et cette altérité, devenue insupportable, amène à désirer que l'Autre soit à notre ressemblance dans un espace fusionnel qui ne fait jamais que révéler notre propre insécurité, notre dépendance et, par là, notre incapacité d'être pour nous-même. On croit qu'aimer, c'est *attacher* – et être attaché –, alors on crée des nœuds desquels on ne saura se défaire.

Si l'on cherche à *saisir* l'Autre, non seulement lui soutire-t-on toute possibilité de mouvement en le figeant dans une image, une représentation souvent éloignée de son être, mais on le prive aussi de son mystère, de ce qui constitue son essence.

Sous ce mode, on voudra dominer l'Autre ou, au contraire, c'est lui qui nous dominera, ce qui revient au même quant à la nature de la relation. Il n'y a là aucune manière de connaître, aucun élan d'intériorisation, l'Autre demeure irrémédiablement en dehors de soi. Il ne participe d'aucune façon à notre quête mais devient plutôt l'objet d'une improbable *conquête*.

Voir la montagne s'avère l'étape obligée qui précède l'obscurité.

La deuxième étape, *ne plus voir la montagne,* crée une vague de pénombre. C'est le point de retournement où les choses basculent et nous renversent. Sans chemin, aveugle au milieu de l'ombre où l'on a été précipité, on ne ressent plus qu'un manque à être, et la souffrance ainsi engendrée. Quelque chose nous somme de ne pas en rester là.

Dans cet obscurcissement, le repli sur soi n'est plus un enfermement mais une ouverture vers l'intérieur. Nous devons apprendre à *voir autrement,* à *saisir intimement la montagne.* Et nous commençons alors à percevoir non seulement ce par quoi nous sommes né, mais aussi ce par quoi nous pourrions renaître. Cet anéantissement, cette absence d'où provient la présence véritable, constitue la réponse même de la vie à nos demandes et il génère d'infinies possibilités de recommencement.

Mais il y a bien un moment où l'on ne voit plus la montagne. On ne fait alors que l'escalader, on avance dans la forêt dense en se frayant un chemin parmi les broussailles, essayant d'éviter les ronces et les racines. On est dans l'obscurité de nos propres pas, dans cet *entre* du passage et du changement, ce flou de la transition qui crée autant d'inconfort que de confusion. Très souvent, on refuse cette expérience, l'épreuve qui précède le recommencement.

Puis, au bout de la nuit, on perçoit peu à peu une trouée, et alors que la lumière devient plus vaste, le sentier débouche sur la crête. On a atteint le sommet et l'horizon s'est ouvert. On se retrouve alors exposé à tous les vents, soumis à toutes les tempêtes, et la moindre secousse peut nous ébranler. C'est le point le plus puissant, et en même temps le plus vulnérable.

La vague est à son faîte. Alors elle casse et détruit tout ce à quoi l'on tenait si ardemment.

Plongé dans le vide, on n'a d'autre chemin que l'abandon de ces attaches auxquelles on tenait plus que tout, cette dépossession totale de soi, ou plutôt de ce que l'on croyait être soi. On n'a d'autre chemin que de faire face à la vague et de consentir pleinement au raz-de-marée pour aller vers l'inconnu.

On sait l'essor proche, on sait le printemps derrière l'hiver. C'est l'étape ultime, *re-voir la montagne*, qui ouvre à une nouvelle perception. Invite à re-commencer à voir. Appelle à l'impérieuse et nécessaire transmutation.

Nous ne sommes plus *devant* mais *avec* la montagne, et nos deux présences s'imprègnent l'une de l'autre, de telle sorte que la domination se transforme en *communion*. Il n'y a plus d'absence, plus de tension ni de séparation. Nous sommes devenu la montagne. Et ce recommencement célèbre *ce à quoi l'on tient*, ces liens libres et fondateurs : amour, nature, création ; nous voyons tout ce par quoi – et ce pourquoi – nous sommes né ; nous devenons pour nous-même notre propre *maison*.

Nous voici dans la clairière de l'être. Nous y renaissons *avec* l'Autre, non plus *par* lui ou *pour* lui mais désormais accordés à ce mouvement perpétuel qui nous fera naître, mourir et renaître de multiples manières. Ainsi que les marées renouvellent l'océan dont elles sont aussi la nature même, nous épousons les vagues qui nous transfigurent.

C'est en se rappelant Sisyphe que l'on gravit la montagne, puisqu'une fois le sommet atteint, le rocher nous échappera et roulera jusqu'au sol. Chaque fois, on redescendra, on cessera de *voir* et cette opacité sera non pas un obstacle sur le chemin mais le chemin lui-même.

Et l'on ira vers ce que l'on refusait jusque-là de revisiter, et l'on sera alors déjà sur un autre sillon de la spirale, gravitant vers le centre, prêt à recommencer, à recommencer de nouveau.

On ne peut échapper à ce qui nous demande de sortir d'une vie pour entrer dans une autre, on ne peut, sans ressentir une vive souffrance, s'esquiver, piétiner, tourner en rond, tourner à vide. Plutôt, il nous faut avancer sur le sillon qui nous bouche la vue et trouver ainsi le passage qui va jusqu'au sillon suivant. La réinvention continue de soi est non seulement la condition d'une existence accordée à l'essence même de la vie, mais aussi celle de la liberté. Notre histoire est en quelque sorte le récit de ce processus permanent qui se renouvelle sans jamais se répéter.

La marée qui nous porte vers ce que nous sommes est celle-là même qui nous jettera brutalement contre le sol. Notre vie est une suite ininterrompue de descentes et de remontées. Pour voir enfin que chaque chose n'est qu'un *moment* vers une autre, sans doute faut-il cesser de penser le monde selon les oppositions qui nous en séparent.

Tout passe. Mais a-t-on véritablement intégré cette idée ? Ou la seule pensée de l'éternité rend-elle douloureuse l'expérience de l'éphémère ? Rien de ce qui a été n'est demeuré tel ; rien de ce qui est ne demeurera tel. Nous sommes conviés à embrasser ce processus du vivant et à acquiescer à ce qui nous transfigure. Résister au changement, lutter contre le mouvement de la vie est sans doute la chose la plus douloureuse qui soit. Et, bien qu'elle ne soit jamais à cet égard nécessaire, la souffrance, par sa capacité de nous porter à la limite de nous-mêmes, contribue parfois à nous pousser à consentir enfin à ce qui est.

On le sait, les obstacles n'existent pas, ils ne sont que des opportunités maquillées qui nous sont offertes, et que nous saisirons ou non. L'idée qu'*un obstacle se métamorphose en opportunité* est certes répandue depuis longtemps mais toujours difficile à assimiler, car ce qui nous entrave peut aussi bien nous dévorer que nous transformer. S'il est vrai que « ce qui ne nous tue pas nous rend plus fort* », on peut supposer que ce qui obstrue notre route est là pour nous inciter à nous libérer de l'illusion dualiste et de la séparation qu'elle engendre. Ainsi éprouvons-nous intimement combien nous participons à ce vaste champ au sein duquel tout apparaît et disparaît pour reparaître, transfiguré, et combien nous ne faisons qu'Un avec ce monde dans l'expérience vivante de notre conscience d'être.

* Friedrich Nietzsche.

Le trait du calligraphe

Ne plus voir la montagne demande de retourner dans l'œil de la tempête, de laisser venir l'obscurité, le doute, la confusion, de se laisser habiter par l'inconnu et de consentir sans réserve à ce moment crucial où l'on doit revisiter le point de retournement, la cassure qui s'est produite. On ne voit pas le prochain pas, le prochain mot, mais il faut encore avancer dans l'opacité. On cherche un appui, quelque trouée de lumière et, sur ce chemin qui semble sans fin, il faut aller plus loin encore, racler la surface de l'être jusqu'à ce que reparaissent les coulisses du passé et que resurgissent le vert, le rouge vif, le jardin piétiné de l'enfance, les visages aimés, les bleus de ciels et de mers. On abandonne ce à quoi l'on tenait si fermement, on ratisse, une fois encore on creuse ces parties de soi demeurées intouchées.

Et lorsqu'on croit le chemin achevé, on le visite de nouveau, pour l'ultime ravalement.

Qu'il s'agisse de réinventer notre vie ou de créer une œuvre d'art, cet acte s'appuie sur les mêmes fondements. Je me souviens d'avoir regardé avec fascination un documentaire sur le processus créateur du peintre Gerhard Richter*.

Après avoir longtemps observé la surface blanche de la toile installée devant lui, après avoir minutieusement choisi et étalé ses couleurs sur la palette, il les dispose à grands coups de pinceaux. Ici du rouge, là du bleu, du noir, tout en haut de l'ocre, encore du bleu et aussi du vert. Il laisse ensuite sécher partiellement le tableau.

Puis il y revient pour racler lentement la toile avec un instrument métallique, une sorte de truelle qu'il a lui-même fabriquée et qui est adaptée à la grandeur du tableau. Le peintre lisse soigneusement la surface comme s'il tirait un lourd rideau.

---

* Corinna Belz, *Gerhard Richter Painting*, 2011.

Les couleurs s'étalent et se mélangent alors à mesure, de telle sorte que l'image se recompose entièrement. Ce travail est suivi d'une autre étape de séchage, après quoi Richter reprend le même processus. À un moment donné, le rouge, oublié derrière les couches répétées, resurgit. Ou bien c'est le bleu, disparu depuis longtemps, qui reparaît soudainement.

Je regarde travailler le peintre ; c'est ainsi que j'écris, posant sur la page un mot, une phrase que viendra déplacer la suivante. Et toujours le silence, ce maître absolu de l'écriture, pénètre la surface poreuse de la page. Je reviens sur les mots, enlève ceci, ajoute cela, tamise et ratisse une fois encore le texte jusqu'à ce qu'il m'ait révélé ce qu'il avait à me dire.

On ne fait jamais que se tenir au plus près de la faille, creuser, effacer, reconstruire la phrase, le chapitre, revenir sur ses mots pour les amener plus loin. Même un livre, comme une couche épaisse de couleur, se pose sur ceux qui le précèdent ; en les sarclant, les râpant, il leur donne de nouvelles ramifications, les éclaire, les conduit sur un autre sillon de la spirale et vient en un sens les recommencer.

L'écriture n'est jamais la transcription d'une expérience mais plutôt la création d'une expérience qui lui est propre. L'écrivain n'a qu'à suivre le chemin qui s'ouvre afin qu'écrire devienne pour lui un acte transformateur.

S'il ressemble à celui du peintre qui, inlassablement, retouche la surface de son tableau, le travail de l'écrivain s'apparente aussi à celui du calligraphe qui doit longuement pratiquer un seul trait vertical avant de passer à des calligraphies plus élaborées. Incité par son maître à répéter encore et encore ce trait fondamental, il trouvera tantôt que tel trait est droit comme un soldat, tantôt que tel autre, empreint d'un léger frisson, paraît vivant, ou que tel autre encore est tout à fait réussi, laissant percevoir à la fois son agilité et la connaissance qu'il a de son art.

Et un jour le calligraphe tend le bras vers le papier, sa main est souple et légère, ses doigts parfaitement accordés au pinceau et il exécute un trait vertical.

Quelque chose s'est produit. Devant lui, le trait se met à vibrer. Son corps, son âme, son cœur et son esprit ; dans ce trait élémentaire et humble, il voit et ressent toute sa vie. Plus encore, la vie elle-même a soufflé sur le trait. Herbe, bambou, échelle ou arête de la montagne, un seul trait et le monde tout entier se met à naître.

Ce n'est qu'à partir de là que le calligraphe commencera à mettre en mouvement ce trait premier, à le laisser couler comme un fleuve, se cambrer et se pencher comme un arbre, se rompre comme une branche, puis il le reliera à d'autres traits dans l'espace blanc. Il répétera encore et encore ces calligraphies, et bientôt elles vibreront elles aussi, car il aura d'abord appris l'ultime exigence : faire vibrer le plus simple pour qu'on en ressente intensément la vie.

La langue est le pinceau de l'écrivain. C'est elle qui permettra au sens de vibrer, de résonner de telle sorte que le mot, la phrase porteront au-delà de ce qu'ils disent. Comme l'arc qui se tend pour projeter la flèche dans un mouvement sec, le trait calligraphié porte la trace de l'être qui l'a engendré. Sans doute le trait premier de l'écrivain est-il l'émotion dont les mots seront ou non investis, ce battement fondateur qui consiste à mettre en mouvement celui qui les reçoit, lecteurs qui seront remués, même secoués au bout du livre, non seulement le cœur touché, l'esprit atteint, mais l'âme rejointe.

Le livre entier devient ainsi œuvre de calligraphe, danse vivante du noir sur le blanc, traits et sens parfaitement unis. Et pas plus qu'on ne sait ce que cherche à nous révéler un trait noir sur le papier blanc, on ne sait ce qu'un livre veut nous dire tant qu'il n'a pas atteint cette fréquence de vibration à laquelle l'écrivain doit s'accorder, rejoignant ainsi les mots, les phrases qui lui ont révélé qu'écrire, comme calligraphier, est d'abord un travail sur soi qui met en équilibre les forces de l'univers pour que le trait fasse voir le bambou, pour que le mot donne à entendre la rivière.

Ainsi recrée-t-on ses pas, posant des traits, des couleurs qui se lient ou se substituent à d'autres, recomposant à mesure la surface qui se réinvente devant soi, et que l'on ne cessera de racler, de sarcler, de racler de nouveau. Puis, un jour, un fragment de rouge ou de bleu resurgit, un trait inaperçu reparaît et ce peut être ce point de retournement qui permettra de revoir ce qui restait jusque-là tapi dans l'obscurité.

Comme un tableau que retouche le peintre, le passé, jamais figé derrière nous, se recompose avec le présent. Rien de ce qui appartient à ma mémoire n'est donc fixe, immuable; dès que je me déplace, cela se modifie aussi. Ce passé que nous investissons d'une *objectivité,* plus encore d'une *vérité,* constitue en fait ce miroir omniprésent appelé *réalité,* et qui, passée ou présente, reflète ce qui existe à l'intérieur de nous. Selon le moment, l'image projetée dans le miroir sera donc différente. Le présent devient ainsi l'instrument avec lequel nous sarclons le passé.

Quel qu'il soit, le temps est aussi neuf que précaire, et les traces que nous y faisons se modifient à mesure que nous avançons. Nos pas construisent une spirale dont nous ne percevons la nature d'un sillon que lorsque nous avons rejoint le suivant. Il n'y a pas davantage de mémoire immuable que de temps immobile. Nous réinventons notre vie chaque fois que nous la racontons ; notre histoire bouge dans le présent qui la recrée constamment.

La connaissance de la vague

Depuis des semaines, je vais chaque jour à la mer. Je me tiens face à elle comme devant ma vie. Les vents qui soulèvent les vagues ou les effacent, les marées de nuages le long des heures, du bleu que brouille l'écume, au loin les bateaux qui tanguent, toutes voiles déployées, dans l'évidence et le plaisir simples des courants, oui, je suis ainsi devant ma vie, fixant le large, au bout du corridor scintillant qu'ouvre le soleil jusqu'à la ligne de l'horizon.

Je plonge en apnée pour sonder en aveugle la profondeur, je suis ainsi conduite vers une obscurité sans contour, vertigineuse, qui m'apprend tout de la lumière.

J'ai cinquante ans. La vague est à son faîte, je dis *le bonheur* et ne sens que les nœuds et les trouées, alors je demande à renaître et aussitôt la vague se déchire et me renverse, casse le mât de mes illusions. Ma vie, soudain, va à la dérive. Partout le brouillard, une marée d'obscurité. L'amour en allé, la maison, la forêt, le lac, tout est à recommencer.

J'ai quarante ans, j'ai trente ans, je jure de dépasser mes peurs, elles ne seront plus maîtres de ma vie, je le jure, je mettrai les pieds dans le sable, la tête au fond de l'eau, je cracherai mes peurs une à une comme des dragons ; je serai serpent avec de nouvelles peaux, araignée patiente qui saisit l'insecte.

J'ai vingt ans, les eaux sont troubles, la mer n'est qu'un vaste roulis, la houle soulève la coque des bateaux qui bientôt chavirent, leurs voiles se déchirent sous les vents trop puissants, un brouillard opaque cerne l'océan et je ne vois ni devant ni derrière.

J'ai quinze ans. Chaque fois que je reviens à la mer, je m'étonne que ses marées, ses tempêtes aient continué sans moi ; elle n'a nul besoin de mon regard pour exister, je ne connais rien de plus vaste, rien ne porte autant d'absolu ; mes sens se gavent de ses odeurs de sel et de varech, son corps fluide et léger enlace mon corps amoureux qui vacille entre ses vagues.

J'ai dix ans et je ne sais ce qui m'attend au milieu de l'immensité vertigineuse de cet océan bleu, je ne veux rien de moins que sa beauté dans ma vie. Mais dois-je aller vers la hauteur ou vers la profondeur ? Et comment trouverai-je la lumière nécessaire à la traversée ? Peut-être cela n'est-il qu'illusion et tombera-t-il un jour comme tombe la vague sur le rivage.

J'ai sept ans, j'invente des histoires pour ne plus entendre la guerre autour de moi, je construis des routes et des ponts avec des pattes de crustacés, des coquillages émiettés plein les mains, je resterai ici toute ma vie, j'aurai un voilier pour ne jamais retourner à la maison, pour ne jamais laisser la vague se briser sur mes châteaux de sable.

J'ai trois mois. Je vois l'océan pour la première fois.

À la nage, je remonte à la surface, enivrée par l'infini qui a pénétré chacun de mes pores. Sous mes pieds, le sable brûle, et, si je lève les yeux, je peux confier mon âme à ce lointain insaisissable qui prend figure d'océan. La connaissance de la vague s'est transformée en connaissance de la mer.

J'ai cinquante-cinq ans, je n'affronte plus les vagues, je ne résiste plus aux marées, ne lutte plus contre les tempêtes qui emportent tout. Je ne défie plus les vents. Lorsque la vague parvenue à son faîte surgit devant moi, j'embrasse sa force et sa beauté, je l'épouse, je la laisse m'étreindre, me porter et me déposer là où sans elle je n'aurais pu aller. J'ai cinquante-cinq ans, le bateau tangue sous les turbulences, les voiles grandes ouvertes les reçoivent et s'y accordent, désormais je sais la fureur des vents puissants du large qui font chavirer, la vague qui embrasse puis relâche son étreinte.

Deus sive natura

Il fait encore nuit lorsque j'arrive à la mer. La masse de nuages qui obstrue l'horizon s'ouvre lentement, découvrant un fragment de clarté orangée. Les nuages s'éloignent alors que s'intensifie le rose, que faiblit le gris et que le bleu surgit.

Sur le quai d'où je regarde l'aube, quelques personnes sont réunies comme chaque matin à cette heure. Ce n'est pas la fête, mais une joie douce et humble où l'on sent la nuit que chacun porte encore en lui, ce poids d'obscurité pesant sur les épaules, et que l'aube, avec le soleil, soulèvera.

La lune diminue à mesure que la lumière gagne le ciel qui s'éclaire maintenant, la nuit s'en est allée, c'est l'accalmie, jusqu'à ce que des couleurs s'intensifient de nouveau à l'horizon, d'autres rouges surgissent alors, d'autres orangés, plus vifs encore, et bientôt pointe l'astre vif et saisissant qui s'élève dans une ultime poussée de la mer vers le ciel.

Un autre jour.

Ici, ma vie est faite de ces moments de grâce où je sais que je suis sur Terre pour la seule joie de m'unir au vivant, d'éprouver mon être comme partie intégrante de ce cycle qui fait de l'hiver l'essor du printemps, et de l'automne, le déclin de l'été, lui-même essor de l'hiver.

Tout mouvement se comprend par la fin. Comme la nuit se désagrège pour qu'apparaisse l'aube, comme l'hiver fait advenir le printemps dans ses branches vides et nues, il m'est demandé de consentir à ce voyage circulaire de toutes choses, d'accepter ce qui me dissoudra pour engendrer un recommencement. Plus encore, dès que j'embrasse ce qui m'a renversée, avec une foi inébranlable dans ce retournement, je m'accorde à l'incessant processus du vivant et j'apprivoise alors l'art exigeant de la transition.

Au cœur de ce qui cherche ainsi à renaître en nous, il s'agit de trouver ce centre qui nous manque, duquel nous nous sentons séparés, l'essence même de la vie que nous ne savons plus regarder ni recevoir, composée de ces choses si menues sur le fil des heures – depuis la joie simple de nous lever, au petit matin, jusqu'à celle de confier notre corps à l'obscurité du soir, ces choses infimes que sont une ondée qui brouille le paysage ou l'éclaircie qui le ravive, une musique, un geste plus lent que les autres – ces moments qui pointent vers l'invisible et nous apprennent ce que nous sommes, disent le sens même de notre présence.

L'aube est venue. Je quitte le quai en même temps que se disperse le petit groupe, chacun retournant à ses heures, aux marées qu'elles renouvellent.

La fenêtre de l'ici

De retour à la maison, je vais chercher les valises que j'avais rangées dans le placard à mon arrivée. J'ouvre les tiroirs de la commode et sors mes vêtements. Puis je vide les rayons de la bibliothèque et fais le tour des pièces avec attention pour ne rien oublier. Dans la cuisine, je range la vaisselle et les casseroles. Je ressens la joie pleine du plus petit, de ce rien qui emplit l'*ici* de sa présence.

Nos jours se composent essentiellement de gestes anodins. Apparemment, il n'y a rien d'édifiant à faire les courses, à réparer la serrure de la porte, à ranger ses vêtements, à préparer les repas et à payer les comptes. Plus encore, on pourrait qualifier ces actes de *pauvres* et les considérer simplement comme une suite d'interruptions, de distractions ou de dérangements qui nous éloignent d'un centre. Mais ces moments sont notre demeure. Ils existent pour nous permettre d'exprimer le mystère et la beauté d'être vivants. Aussi *maigres* qu'ils puissent paraître, les gestes, les instants les plus ordinaires recèlent l'extraordinaire et nous rappellent que le fade ou l'inattendu sont en réalité de grands maîtres qui nous convient à la *présence.*

Je regarde par la fenêtre les plantes et les fleurs du jardin, les arbres forts qui deviennent fluides sous les vents, qui traversent les heures et les saisons en étant pleinement ce qu'ils sont, à chaque instant, épousant cette vie frêle et précieuse qui leur est donnée.

La vie, *la vraie* – cet océan qui a besoin pour exister que se jette en lui chaque fleuve –, est un flot continu de cette matière qu'on nomme *temps*, sans autre visée que le *maintenant.* Habiter le présent serait donc le dessein de la vie, un achèvement sans tension, sans opposition. Et tout ce qui précède ce présent que je vis le façonne et le nourrit, de telle sorte qu'il ne me porte vers aucun ailleurs, aucun passé, aucun futur ; simplement, parce que je l'habite entièrement, je trouve en lui mon propre accomplissement.

Quel que soit le visage que prendra la vague – deuil ou rupture, maladie, accident, voire la mort –, on peut ne pas attendre que les heures se renversent sous les vents trop puissants et, comme des feuilles d'automne, glissent de l'arbre pour ensemencer la terre ; on peut choisir de ne résister ni à sa propre vulnérabilité ni au flux infini de la vie qui ne demande qu'à danser avec soi.

Tout est *un* dans ce mouvement continu de transformation composé d'un tissu unique où coexistent, identiques, l'esprit et la matière, le cœur et la pensée, l'intérieur et l'extérieur, l'inspiration et l'expiration, le temps et l'éternité. Pas davantage, il n'existe de séparation entre le monde et moi.

La vision que nous avons d'une réalité constituée de vases clos, qui ne communiqueraient entre eux d'aucune façon, provient d'un regard tronqué. Chaque forme de vie fait partie de cette totalité qu'on appelle l'univers, et qui tient tant au visible que nous en connaissons qu'à cette part imperceptible et infinie qu'on nomme *le sacré*.

La quête impérieuse de sens qui nous habite ronge souvent à mesure toute possibilité de satisfaction, si menue soit-elle. Non seulement nous maintient-elle dans un état de tension, mais elle génère aussi un sentiment permanent de séparation – car s'il y a un objet à rejoindre, celui-ci est forcément en dehors de soi.

L'expérience du manque crée donc un monde *silencieux* qui ne témoigne jamais que d'une absence impossible à combler. Elle est d'ailleurs d'autant plus douloureuse qu'elle s'apparente au deuil, en ceci qu'elle nous donne la sensation d'avoir perdu quelque chose qui jamais ne reviendra. Contrairement au désir, donc, l'attente ici demeure vaine.

Si je suis dans cette vie pour *m'accomplir,* comment réaliser cet accomplissement ? Quel est le sens de ce temps qui m'est offert ? Et comment être libérée, sauvée d'une vie vouée à l'insatisfaction et sur laquelle le manque ne cesse de souffler ?

Il n'y a rien à attendre. Il n'y a rien à rejoindre. La vie que j'espère est dans ce présent que me dissimule le manque. On le sait : si le poisson se met à chercher l'océan, jamais il ne le trouvera. Nous marchons pourtant des dizaines de milliers de kilomètres pour tenter de rejoindre ce chemin sur lequel nous avançons déjà…

La *vraie vie* est au cœur même de l'inutile et de l'humble *ici* qui s'ouvre comme une clairière et devient ce que nous avons de plus précieux pour nous transformer. La vie se dresse à travers *l'ordinaire des jours* qui est notre ciel, et ce don toujours renouvelé nous préserve du manque, de l'insatisfaction qui se tient là, prête à nous ronger, à nous ligoter.

Je referme la porte du jardin, celle de la maison. Tous ces mois, c'est l'île que je suis venue connaître, ce lieu d'où je regarde et celui où je peux saisir l'horizon de mon être et de ma vie.

Le taxi m'attend, qui me ramènera à l'aéroport. Tous ces mois, je n'ai cessé de m'incliner devant la beauté offerte par ces présences, d'en célébrer la force lumineuse. Je veux servir cette vie simple dont le sens et la valeur ne dépendent aucunement de la réalisation de désirs mais tiennent plutôt à cette grâce qu'est l'amour et à la joie continue de vivre qui en jaillit. Le jardin, la maison sont en moi.

À la fin de ma vie, quelle expérience aurai-je eue d'être humaine ? Aurai-je connu le vertige de me tenir à la pointe d'une falaise, éprouvé la joyeuse liberté de l'envol, et même la douleur de la chute ? Quelle empreinte la vie humaine laissera-t-elle sur mon âme et dans mon cœur ?

Lorsqu'il reviendra, l'hiver ne sera pas la perte mais un point de retournement, l'embrasement deviendra apaisement, et l'amour, non pas fusion mais communion. L'absolu dont on affuble l'Autre n'est jamais que le reflet de l'éternel dont on garde la mémoire.

L'objet et le sens de la quête ne peuvent qu'être (en) soi. Je cherchais hors de la maison ce qui ne se trouve qu'à l'intérieur. Je cherchais un monde auquel je ne peux avoir accès que si je cesse de tendre vers lui et laisse chacun de mes pores, chacune de mes cellules s'imprégner de sa présence.

Pas davantage, je n'ai à m'efforcer de *devenir* ou même d'être. Je redonne à chaque instant le sens même de sa présence, de cet *ici* qui m'est donné et devant lequel je ne cesse de m'émerveiller.

Je me lève et pose le pied sur terre. Tout est dans ce geste sacré du recommencement, tout, dans le battement des choses au cœur de la lumière qu'elles engendrent.

Tout, dans l'éphémère qui danse avec moi.

Apprends de l'abeille...

Apprends de l'abeille, du papillon, de l'oiseau, de tout ce qui a des ailes,

bois le miel et le lait, danse sous l'arche, écoute la partition des étoiles dans la nuit, l'infini du ciel qui bruit en toi, porte l'énigme du monde et de ta présence, laisse les vents te changer en aigle, la terre en serpent, lave tes yeux de leur passé et va, dans cette mémoire neuve, va vers toi-même,

touche la terre de tes dix doigts, étreins ses ombres comme ses beautés, sans peur, fais de chaque instant l'expérience même d'être humain, ne va nulle part, ne cherche pas, éprouve le récif, agenouille-toi devant l'arbre et l'océan, secoue les draps de ton âme et aime,

aime comme si jamais la vague, comme si jamais le rocher,

épouse la falaise qui t'appelle, pose tes mains sur le sable et sens le temps qui s'égoutte en toi, retrouve l'infini dont tu es le porteur, deviens l'arbre et l'océan, sois l'argile et l'or, embrasse ce que tu ne peux déchiffrer, vis, intensément

et toujours,

jette l'ancre pour la nuit qui approche puis, au matin, largue les amarres et déploie les voiles de ta vie.

TABLE

REMERCIEMENTS

Je n'écris jamais seule. Il y a les paysages, par la fenêtre du temps, il y a les livres, les œuvres musicales et visuelles. Il y a la vie - celle des heures, celle des saisons - qui est notre seul maître. Et il y a les visages proches, les mains entrelacées au-delà du visible, les paroles échangées comme des lampes à la tombée du jour.

Merci à mon père, Raymond, à ma sœur, Joanne, à Julie Adam, Sylvie Fabre G., Sylvestre Clancier, Marisa Zavalloni, Carol Bernier, Yvette Paris, Sylvain Trudel et Guylaine Vallée, qui avez été particulièrement présents à un moment ou à un autre durant l'écriture de ce livre.

Un merci tout spécial à mon agent littéraire, Patrick Leimgruber, ainsi qu'à mon éditrice, Anne-Marie Villeneuve.

Toute ma gratitude également à ce qui, venu du passé, devient la lumière du présent.

AUTRES OUVRAGES D'HÉLÈNE DORION

Roman et récit

L'étreinte des vents, Montréal, PUM, 2009. Paru en France sous le titre *L'âme rentre à la maison,* Éditions de La Différence, 2010.

Prix Études françaises

Jours de sable, Montréal, Éditions Leméac, 2002. Paris, Éditions de La Différence, 2003.

Prix Anne-Hébert

Poésie

Cœurs, comme livres d'amour, Montréal, Éditions de l'Hexagone, 2012.

Le hublot des heures, Paris, Éditions de La Différence, 2008.

Prix Charles-Vildrac de la Société des Gens de Lettres de France

Mondes fragiles, choses frêles, Rétrospective poétique 1983-2000, Montréal, Éditions de l'Hexagone, collection « Rétrospectives », 2006.

Ravir : les lieux, Paris, Éditions de La Différence, 2005.

Prix du Gouverneur général du Canada et prix Mallarmé

D'argile et de souffle, anthologie préparée par Pierre Nepveu, Montréal, Éditions Typo, 2002.

Portraits de mers, Paris, Éditions de La Différence, 2000.

Fenêtres du temps, en collaboration avec Marie-Claire Bancquart (*Voilé/Dévoilé*), Montréal, Éditions Trait d'Union, 2000.

Passerelles, poussières, Rimbach (Allemagne), Éditions Im Wald, 2000.

Les murs de la grotte, Paris, Éditions de La Différence, 1998.

Pierres invisibles, encres de Julius Baltazar, Saint-Benoît-du-Sault (France), Éditions Tarabuste, 1998. Saint-Hippolyte, Éditions du Noroît, 1999.

Prix Aliénor

Sans bord, sans bout du monde, Paris, Éditions de La Différence, 1995.

Prix Alain-Grandbois

L'issue, la résonance du désordre, Amay (Belgique), L'Arbre à Paroles, 1993. Saint-Hippolyte, Éditions du Noroît, 1994. Réédition, *L'issue, la résonance du désordre* suivi de *L'empreinte du bleu,* gravures de Marc Garneau, Saint-Hippolyte, Éditions du Noroît, 1999.

Prix des écrivains francophones d'Amérique et prix du Festival international de poésie de Roumanie

Les états du relief, Saint-Hippolyte et Chaillé-sous-les-Ormeaux (France), coédition Le Noroît/Le Dé bleu, 1991.

Prix international Wallonie-Bruxelles

Le vent, le désordre, l'oubli, dessins de Marc Garneau, Mont-sur-Marchienne (Belgique), Éditions L'Horizon vertical, 1991.

Un visage appuyé contre le monde, dessins de Marc Garneau, Saint-Lambert et Chaillé-sous-les-Ormeaux, coédition Le Noroît/Le Dé bleu, 1990. Réédition, Montréal, Éditions du Noroît, collection « Ovale », 2001.

La vie, ses fragiles passages, Chaillé-sous-les-Ormeaux, Éditions Le Dé bleu, 1990.

Les corridors du temps, Trois-Rivières, Les Écrits des Forges, 1988.

Les retouches de l'intime, Saint-Lambert, Éditions du Noroît, 1987. Réédition, Montréal, Éditions du Noroît, 2004.

Hors champ, Saint-Lambert, Éditions du Noroît, 1985.

L'intervalle prolongé suivi de *La chute requise*, dessins de l'auteure, Saint-Lambert, Éditions du Noroît, collection « L'instant d'après », 1983.

Correspondance

Nous ne sommes pas seules..., avec Carol Bernier, ouvrage illustré, Trois-Rivières, Éditions d'art Le Sabord, 2014.

Essai

Sous l'arche du temps, essai suivi d'entretiens, présentation de Jean-Claude Ravet, Montréal, Éditions Typo, 2013.

Sous l'arche du temps, Montréal, Éditions Leméac, 2003. Paris, Éditions de La Différence, 2005 [édition augmentée].

Album jeunesse

La vie bercée, illustrations de Janice Nadeau, Montréal, Les 400 coups, 2006.

HÉLÈNE DORION

Il arrive qu'un livre crée une éclaircie sur notre chemin, qu'il déplace notre regard, qu'il nous fasse ressentir non seulement la beauté souveraine de la vie mais aussi sa bonté et sa douceur, même lorsqu'une vague nous renverse et nous invite à aller sur un autre sillon de cette spirale à la fois simple et complexe qu'est notre histoire.

Écrire *Recommencements* a été pour moi l'un de ces livres.

Je me permets de souhaiter qu'il puisse l'être pour vous aussi.

www.helenedorion.com
www.facebook.com/helene.dorion.1

ACHEVÉ D'IMPRIMÉ EN AOÛT 2019
SUR DU PAPIER 100 % RECYCLÉ
SUR LES PRESSES DE MARQUIS IMPRIMEUR,
QUÉBEC, CANADA